红棉少年系列

咏春少年

任君明 著

咏春是一道光，
可以带你去很远的地方。

广州新华出版发行集团
广州出版社

图书在版编目（CIP）数据

咏春少年 / 任君明著. — 广州: 广州出版社，2024.6
（红棉少年系列）
ISBN 978-7-5462-3602-5

Ⅰ. ①咏… Ⅱ. ①任… Ⅲ. ①长篇小说－中国－当代
Ⅳ. ①I247.5

中国国家版本馆CIP数据核字(2023)第053779号

书　　名　咏春少年
Yongchun Shaonian
出版发行　广州出版社
（地址:广州市天河区天润路87号9楼、10楼　邮政编码：510635
网址: www.gzcbs.com.cn)
责任编辑　卢嘉茜　李佰幸
责任校对　李少芳
排版设计　陈　翚
印　　刷　广州市快美印务有限公司
（地址:广州市白云区广从五路410号一楼103房、二楼、五楼部分
邮政编码:510545　电话：020-23336155）
规　　格　787毫米×1092毫米　32开
印　　张　5.75
字　　数　90千
版　　次　2024年6月第1版
印　　次　2024年6月第1次
书　　号　ISBN 978-7-5462-3602-5
定　　价　32.80元

发行专线:(020)38903520　38903518　38903521
如发现印装质量问题，影响阅读，请与承印厂联系调换。

谨以此书，献给我的小小太阳——亲爱的爸爸，以及所有关心和热爱咏春的人。

主要人物角色关系图

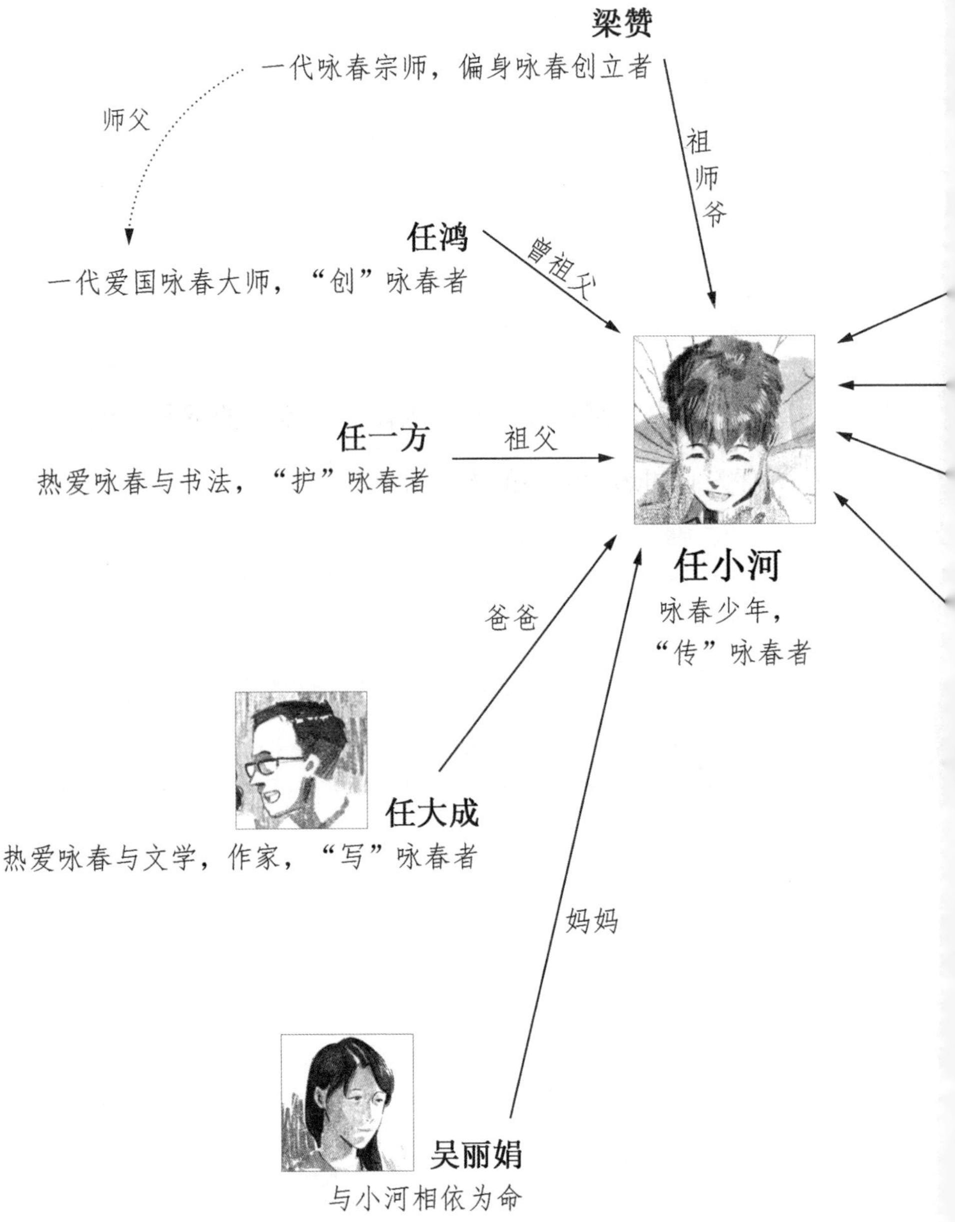
梁赞
一代咏春宗师，偏身咏春创立者
师父
祖师爷
任鸿
一代爱国咏春大师，“创”咏春者
曾祖父
任一方
热爱咏春与书法，“护”咏春者
祖父
任小河
咏春少年，
“传”咏春者
爸爸
任大成
热爱咏春与文学，作家，“写”咏春者
妈妈
吴丽娟
与小河相依为命

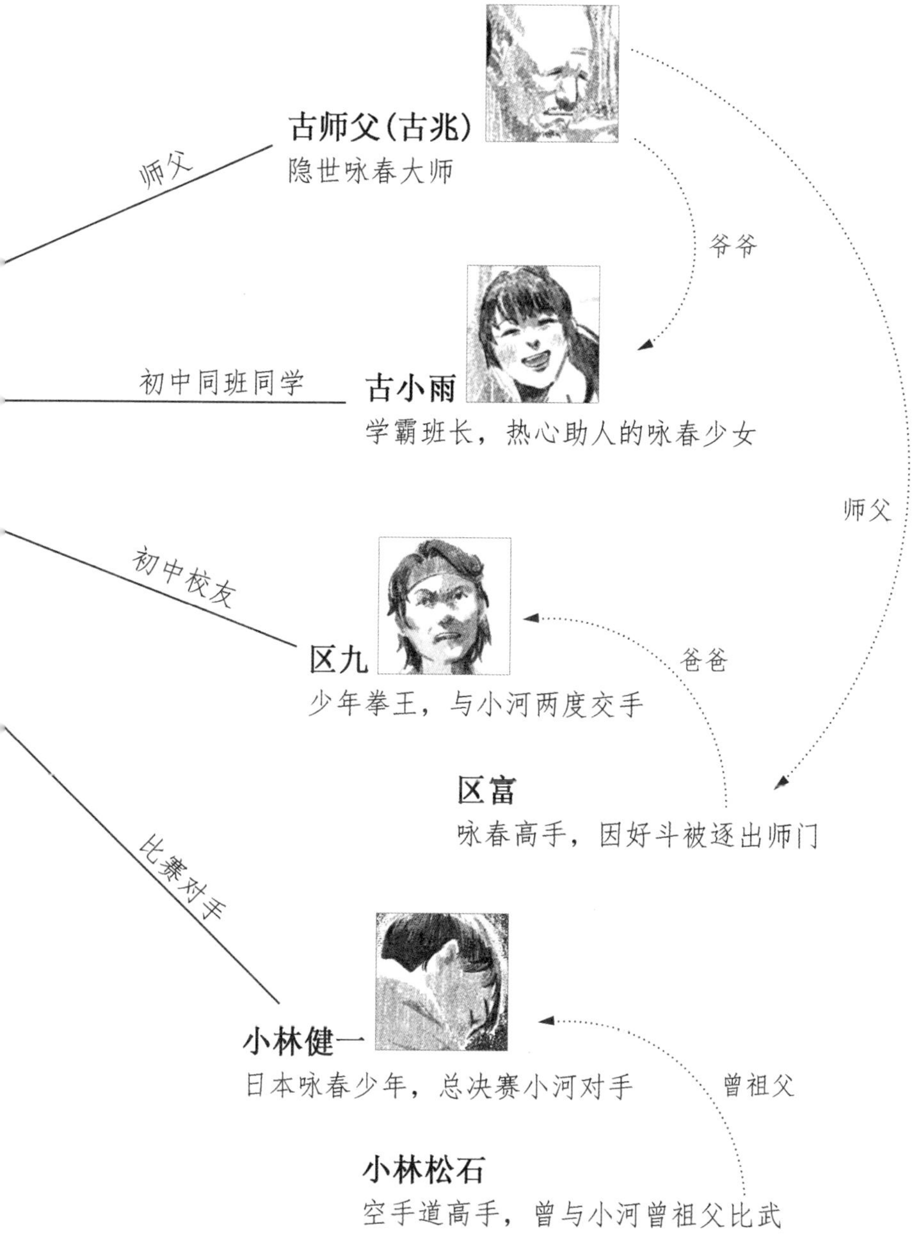
古师父(古兆)
隐世咏春大师
师父
爷爷
古小雨
学霸班长，热心助人的咏春少女
初中同班同学
师父
区九
少年拳王，与小河两度交手
初中校友
爸爸
区富
咏春高手，因好斗被逐出师门
比赛对手
小林健一
日本咏春少年，总决赛小河对手
曾祖父
小林松石
空手道高手，曾与小河曾祖父比武

目　录

楔子

今天是长洲岛支教首日，
五年A班第一节语文课，
我给天真可爱的孩子们，
讲了个追光逐梦的故事。
这个故事发生在十年前，
一位岭南水乡咏春少年，
十三岁如水如歌的夏天……

——香港中文大学中文系研究生一年级学生任小河

2022年9月16日支教日记

第一章 荷塘

撑一叶扁舟，荡向荷塘最深处，埠头上那方青砖黛瓦的院落，便是小河家。

这是一幢典型的“三间两廊”式岭南合院，三面建有房厅，朝南是天井和庭院，门前是一棵龙眼树。小河听爸爸说过，老祖屋是爷爷留下来的，这棵长着大树洞的龙眼树，也是爷爷当年亲手种下的。

小河的家乡鹤山市古劳镇，是珠三角一个原生态水乡，大大小小的湖、河、塘、溪，星罗棋布，宛如一面面形状各异的明镜。小河一家没有住在村子里，爷爷任一方生前在咏湖购置了一大片荷塘，平日种藕，养鱼，放鸭，后来盖房子时，干脆就在此选址。一方面出入方便，有助于照料鱼塘；另一方面视野开阔，也落得个内心安宁。

起初，小河便是这么认为的，直到十三岁这年夏天，他惊奇地发现，爷爷当初之所以这么做，似乎还有另外一个隐秘的缘由。

正值初夏时节，这天早上，小河醒来时，窗外早已缀满金色的霞光。出门上学的时候，阳光有点猛，妈妈塞了顶草帽给小河。他推开老屋厚重的实木大门，一股带着泥土芬芳的清香扑面而来——自家荷塘的十里荷香实在沁人心脾呀。

小河迎着朝阳，撑着一根竹篙，小木船在荷花荡里缓缓穿行。他看到，鱼塘里的荷花仿佛一夜之间全都露出了笑脸，粉的、黄的、白的，好像在争奇斗艳。“接天莲叶无穷碧，映日荷花别样红。”此情此景，让小河不由得吟起课本上的一句诗。他看见一个个墨绿色的莲蓬，在荷叶与荷花间探出头来，莲房上那繁星般的生莲子，恰似无数只瞪得圆鼓鼓的眼睛，好奇地看着这荷塘，也看着这人世间。想到今年家里的莲藕和莲子会有好收

成，小河心里美滋滋的，感觉比吃了冰棍还甜。

一阵风吹来，田田的荷叶，如同绿色的裙摆在婀娜摇曳，叶子上珍珠般的露珠随风舞动，金光闪闪。小河抬头望了望太阳的方位，哎呀，不好，今天起床晚啦。他立刻加快了撑船的速度，哗啦哗啦的水声，惊飞不远处荷花荡里觅鱼的一群鸟儿。小河看到三只如雪的白鹭扑棱着翅膀，从船头飞快掠过，差点吓了一跳。

任小河念初一，学校在镇墟，离家有六七公里路。每天早上，他撑船十到十五分钟，穿过荷塘，再走上二三十分钟的路才到学校。不过，他倒不觉得麻烦，他早已习惯了这样的行走，习惯了一个人永远在路上的感觉，不管路有多远，也不管路有多苦。常常，他撑船离开荷塘上岸后，就开始奔跑起来，他喜欢跑步的自由，喜欢听风在耳边唱响的歌谣。

小河身子不算高，自幼体弱多病，看上去比较瘦弱，然而，他耐力和体能其实特别出众，这也许与他每天上学用划船、跑步、走路这三种不同方式锻炼有关。小河和父母住在一起，但爸爸妈妈忙于生计，没时间接送他，所以小河很早就培养了自己独立的能力。小河爸爸任大成是一名自由作家，年轻时就多才多艺，喜欢写诗，后来写小说，最近几年，小河听妈妈说，爸爸好像在埋头写一部长篇家族史。不知为什么，小河觉得在自己的印象中，爸爸总是身穿一件白色汗衫，埋头写作到深夜，墙上映着他高大的身影。小河妈妈吴丽娟平日则协助爸爸照料鱼塘，像爷爷生前那样，种藕、养鱼、放鸭。

这样田园牧歌般的生活，就像荷塘对面那条叫“西江”的江一样，江水日夜潺潺流淌，生生不息。小河一家的生活虽然算不上富裕，但也可谓无忧无虑，知足常乐。

直到任小河十三岁这年夏天，家里一部祖传藏书的离奇失踪，爸爸突得的重疾，如同令人措手不及的大风，在小河一家宁静的心湖上，掀起了滔天巨浪……

第二章 预感

那天晚上下了一点雨，小河放学回到家门口时，头发和校服都湿了。

他从书包里拿出钥匙，正准备开门，却发现门并没有锁，厚厚的坤甸木大门只是虚掩着。他怔了一下：妈妈不是说今晚八点才回来吗？

小河推开门进了院子，“妈妈——妈妈——”他一连叫了几声，但没听见回答。于是，他就穿过前院，走进客厅，打开了灯。他看见地板上有星星点点的土黄色泥块，于是蹲了下来，发现竟然还有一行水痕未褪的鞋印。

这应当不是妈妈的，她的脚没这么大；也肯定不是爸爸的，他还在医院，小河心想。

“有——贼”，这个念头刚从脑海里蹦出来，小河就顿感心跳加速，头皮发麻。鞋印的水痕还没完全风干，说明要么贼刚进屋子，要么贼刚走。想到这里的时候，一股穿堂风刚好吹过，他感到脊背阵阵发凉。

小河赶紧躲到客厅角落那个黄花梨木人桩后面，屏住呼吸，竖起耳朵。此时，外面的夏雨还在下个不停，而屋子里则静得出奇，除了滴滴答答的雨声，什么也听不见。

过了约莫一刻钟，他决定壮着胆站起来，因为被雨淋湿的衣服潮乎乎的，弄得浑身上下实在不舒服。小河站了起来，顺着地上的鞋印蹑手蹑脚地走，过了客厅，就再也没发现鞋印的痕迹了。他猫着腰，手扶着走廊的墙，小心翼翼地摸向自己的房间。经过书房时，小河看见有些亮光顺着门口流淌而出，他朝门里瞥了一眼，顿时惊呆了。

书房的台灯是亮着的！

橘黄色的灯光像潮水般淹没了书桌，往常倍感温暖的光亮，此刻不知为何却让他不寒而栗。他快速扫视一遍书房，并没有发现任何异样，书桌上的笔筒、鹅卵石、墨砚等物件看上去没移动过位置，书架上一排排书像往常那样摆放齐整，连地面也是干干净净的。

可是，台灯为什么亮着呢？并且黄色的灯帽好像比平时压得要低一些，亮度似乎也比平时暗。

小河突然感到一种由心底喷涌而出的恐惧和无助，如果说，刚才躲在客厅时，还能假装镇定地想象无数种“万一碰见贼该怎么办”的答案，比如应当用什么招式先下手为强，或者走哪条路线能最快跑出屋子；可是，等真真切切地感知到危机四伏时，他发现自己竟然有些胆怯了。

思考了三秒，他拔腿就沿原路往回跑，一口气穿过走廊，穿过客厅，穿过前院，穿过大门，跑出家门口。他并没有停下脚步，而是一直沿屋子边上的泥路往前飞奔，头也不回。直到实在跑不动了，他才在树林边停下，扶着一棵野生桉树，大口大口喘气。

小河的害怕是有缘由的。他家住的这个古劳小镇是那种原始水乡，堤内有塘，塘边有地，地上有树，树间有村，村里有桥，桥下有河，河中有船，出行往往要靠撑船。小河家在远离村子的十里荷塘边上，四周尽是荷花、鱼塘和山林，人烟稀少，平时他自己一个人在家偶尔也会莫名心生害怕，更何况今天还发现了不明身份的人的鞋印！小河想起同学们给自己起的外号“胆小鬼”，心里很不是滋味。

小河感觉心在怦怦直跳，好像快要跳出胸口。人一旦意识到自己在危险之中，总免不了会手忙脚乱。这是他小时候的感悟，直到半年以后，他获得了新的力量，小河才发觉，其实并不一定是这样的。因为他亲眼看见，有一些人即使面对突如其来的大变故，也能淡定从容，泰然自若。

小河也想成为那样临危不惧的人。这个念想，往后的日子他会明白，在家里疑似被盗而表现得惊慌失措的这个夜晚， 已在他心底埋下了一粒种子 。小河突然想到：如果刚才妈妈在家里，盗贼也刚进来，那妈妈现在的处境岂不是很危险？他曾经口口声声说过要好好保护妈妈的……他越想越不对劲，为自己此前懦夫般的表现感到羞耻和自责。那一刻，一个疑问闪过他的脑海：如果自己会功夫，就算真的有盗贼，是否就不会害怕？

小河心想：功夫是一道无形的力量，它会给人以勇气与底气，并且坚定而恒久。我虽然不会功夫，但每天划一两公里的船，再跑四五公里路上学，体力和耐力都是顶呱呱的，就算真的要跑，我也有信心能跑赢盗贼。我要原路返回，如果妈妈在家，我就保护好妈妈；如果妈妈不在家，我就守护好我们的家园。

这是一个即将十三岁男孩最初的尊严的觉醒，尽管有些幼稚，但那一刻，小河觉得自己俨然是一个勇士。

他向家里飞也似的跑，比刚才跑来的速度还更快一些。当跑到家门口时，他发现屋里已是灯火通明，所有房间的灯都亮了。而他亲爱的妈妈，此时正坐在前院的竹凳子上，等着他。

妈妈竟然真的在家，我的预感没有错。那盗贼走了吗？妈妈有没有受到伤害？

小河的泪水，在眼眶里打转。妈妈看见了夜色中的小河，她站起身，迎过来，把他轻拥入怀里，“小河，怎么啦？”

听到妈妈这充满关切的一问，小河的眼泪顿时滚了出来，一颗又一颗，烫烫的，咸咸的。

“妈妈，妈妈，您没事吧？” 他哽咽着问道。

“没事呀，我很早就从医院回来了。就是见这么晚你还没有回家，还以为你放学出了什么事呢。”妈妈说。

“妈妈，您不是说今晚八点才回到家吗？”

“我怕你一个人做不好饭，所以探望完你爸爸后，就赶回来做饭啦。”

“我之前回来过，看见客厅有带水的鞋印，但尺寸比你的脚大，以为是有盗贼进屋了！”

“傻孩子，哪有什么盗贼。今天下雨路滑，我穿了你爸的水鞋出门。那你刚才回来叫我了是吗？我那时在洗澡房关着门洗衣服，没听见。”

“那书房的台灯呢，怎么那时候是亮着的？”

“噢，是吗？是我开的呀，我回来搞清洁，忘记关灯啦。”

“……”小河一时无语，哭笑不得。

是啊，一切都明朗起来了，全都是因为自己疑神疑鬼，自己吓自己而已。小河突然感到自己相当可笑。

不过，他又想起一件事情。在他很小的时候，大概七八岁时，他就发现自己有时候会有莫名的预感，但这种预感，往往都不是好事。有一天晚上，小河做了一个梦，梦见村里一个平时走路手舞足蹈的中年男人死了，被两个村民用大板车从医院推回来。过了两天，真的传来那个人去世的消息。那一刻，小河惊恐不已，也感到非常内疚，就好像是自己可怕的预感杀死了那个人，而自己就是凶手一样。这个心结，一直藏在他心里好多年，不敢跟任何人说起，直到这个夜晚，他决定告诉妈妈，告诉她怕自己不祥的预感会成真。

妈妈认真地听完小河断断续续的诉说，她摸摸他的头说：“傻孩子，每个人都有预感，就算预感成了现实，那也是上天的安排，绝对不是你的错。”

小河点点头，终于把多年的隐秘心事分享给了妈妈，他长长地吁了一口气。

第二天是小河的十三岁生日。白天，妈妈特意去镇墟买了小河心心念念的古井烧鹅，晚饭的时候，还做了小河最爱吃的炝炒手撕包菜。小河吃得津津有味，连添了两碗米饭。爸爸两周前因身体不适入院了，住在县城的医院，所以今晚只有妈妈陪小河过生日。吃完饭后，妈妈说要送一件生日礼物给他，小河满怀期待。

可是，等妈妈回到饭桌前，他发现她的脸色似乎沉了下来。

“我锁在书房抽屉的一本书不见了！”

啊，这该死的预感！小河顿时一怔。

“昨天你爸特别交代我，让我今天送给你的。”妈妈喃喃自语。

听妈妈这样说，小河更好奇了。

“什么书呀？是不是我一直想读的《老人与海》？还是《鲁滨逊漂流记》？”

妈妈说：“小河，这本书是咱们任家的传家之宝，是一部咏春秘籍。昨天你爸爸在医院说，这是你曾祖父写的，你祖母在你爸爸十三岁生日那天送给了他，今天是你十三岁的生日，他也希望在这个值得纪念的特别的日子送给你……他说可惜自己住院不能亲手交给你。这本书的名字叫《咏春妙手》。”

“咏——春——妙——手？”

小河一字一字地读出书名，心里生出一种难以言说的感觉。他突然有一种神秘的预感，这本书如同一个重托，顷刻间压在自己肩上，也许它将会和自己此后的人生捆绑在一起。

“妈妈，你确定是锁在书房抽屉里吗？”

“你爸爸昨天在医院里说的，他说是他入院那天早上放进去的，不会错。”

“那锁有被撬开吗？”

“奇怪，锁是好的，但书确实不见了。”

没等妈妈说完，小河就跑进书房。爸爸平时写作用的紫檀木书桌下，有一个抽屉，小河看见那把金色的锁的确完好无损。他用钥匙打开后，发现除了一叠有爸爸字迹的稿纸外，里面什么也没有，空的。小河不禁疑惑起来：是谁偷走了书？他作案的动机又是什么呢？

“小河，明天去医院看爸爸时，一定要跟他说说这件事情。”妈妈走进书房说。

小河看着空荡荡的抽屉，暗自发誓一定要查明真相，找回祖传的咏春秘籍——《咏春妙手》。

第三章 小小太阳

第二天是星期六，小河早早就起了床。今天，他要和妈妈去县城医院看爸爸。周一至周五，爸爸怕耽搁小河上课，不准他来探病，所以，只有在周末的时候，小河才能去医院照顾爸爸。

经过荷塘时，小河好像想到了什么，就停下船。他摘了几朵最大的粉红色荷花，用一张旧报纸小心翼翼地包好。妈妈在一旁看着，会心地笑了。

医院在山边，穿过一条长长的斜坡，小河找到了爸爸住的那幢住院楼。推开呼吸一科的病房门时，小河看见两个护士站在爸爸的病床前，正在紧张地忙个不停，动作特别快。小河的心顿时咯噔了一下。

“快，叫钟医生过来！”其中一个年纪大一点的护士喊道。

另一个护士赶紧放下手中的毛巾，夺门而出，差点和小河妈妈撞上。

“护士阿姨，我爸爸怎么啦？”小河急忙把花放到桌上，紧张地问留守病床前的护士。

“你爸爸发高烧，刚才吃了退烧药后睡着了，现在突然出现呼吸不畅的现象。”护士回答。

小河望向爸爸，他正蜷缩着身体躺在床上，脸色比平时更苍白，眼窝也深深地陷了下去。小河第一次感到爸爸变老了、变廋了，他的心仿佛被刀割了一下。

一个医生和一个护士进来了，随后小河爸爸被戴上吸氧机。

小河认得这是钟医生，爸爸的主治医生，她一头干净利落的短发，待人亲切，年纪和妈妈差不多，三十八九岁。

钟医生详细检查后，把妈妈叫到了办公室，小河也跟着进去了。

她指着电脑屏幕上一张黑白透视图，对妈妈说：

“任先生的情况不容乐观。你看这张片子，对，就是这里，肺部出现了感染。”

“这是他以前鼻咽化疗和放疗的后遗症，目前吃东西吞咽困难，食物很容易呛进肺里，造成肺部感染和发烧……不过，关于进食问题不用太担心，我们先帮他放一条鼻饲管，这段时间先吃流质食物。以后还得做一个胃造瘘手术，彻底解决进食的问题……”钟医生接着解释道。

小河感觉脑袋嗡嗡作响。好几个专业医学术语，他不是很理解，但大概听明白钟医生这番话的意思。他看见妈妈不停地用手背擦眼泪，而自己的视线，也渐渐模糊了。

钟医生见状，抚摸着小河的头，说：“不要哭，你是小小男子汉，要坚强一点。昨天你爸爸还说过，‘儿子过十三岁生日啦，长成一个懂事的小大人了’。”

小河点点头。妈妈用手帮他拭去眼角的泪珠。

“这是我的手机号，有什么事情，随时找我。”钟医生在一张黄色便利贴上飞快地写下一串数字，塞到妈妈手里。

小河和妈妈谢过钟医生，正准备回病房看爸爸。这时候，钟医生说：“对了，任先生昨天说过，他入院前在写一部关于咏春的长篇小说，可是还没有写完……”

“咏春？长篇小说？之前怎么没听爸爸说过呀？”小河心里有点疑惑。

“他就是这性子，连生病也惦念着写作。”妈妈说。

“有所惦念总是好事，小河，待会你爸爸醒了，你鼓励一下他，等病好了就可以出院回去写小说啦。这两天你爸爸老是吵着要出院，可现在还不是时候，一定要劝他积极配合治疗。护士长告诉我，他前两天开始对打针有抗拒情绪了。”

小河心想：爸爸怎么突然变得跟小朋友一样孩子气了？

“好的，我一会哄哄爸爸。”小河说完，就和妈妈回到病房。爸爸吸氧后，脸上终于有了一点血色。他满头大汗，上衣也湿透了，两个护士正忙着帮他换衣服。

妈妈上去帮忙，她让小河扶住爸爸的腰。小河用双手从背后稳稳地支撑着爸爸，这时候，他突然感觉到，爸爸变轻了，以前那个身材魁梧的爸爸，那个高大健壮的爸爸，如今连体重都变轻了。他看见了爸爸的肋骨，仿佛一把把刀，又细又薄又锋利，给人一种一碰就碎的不安全感。小河现在才发现，原来虽然爸爸发病住院只是短短两个星期，但他的身体已经差了很多，仿佛一阵风就可以把他吹倒。

“我还未写完，别抢我的笔！……”迷迷糊糊中的爸爸，断断续续地说着梦话。联想到刚才钟医生的话，小河知道，爸爸应该是正在做一个关于写咏春小说的梦。

“谁？谁偷走了我家的咏春秘籍？”

小河感到不可思议，爸爸竟然梦见传家之宝被人偷走了；当然，更不可思议的是，现实正是如此。小河开始佩服起爸爸，看来他的预感比自己还神还准。

钟医生刚刚说，爸爸七年前得病进行放疗产生了后遗症，影响吞咽进食，其实好多年之前，他的听力就已变差了很多。小河想起去年那个夏日的午后，他在午睡时突然梦见家里的煤气泄漏了，还听到“滋、滋、滋”声，他整个人立马从床上弹了起来，拖鞋也没穿就直奔厨房。那时他家里一共有两个石油燃气瓶，紧挨着放在橱柜里，一个连接着煤气炉和热水器，另一个什么也没连，是备用的。爸爸应该是不小心打开了备用的那一个，煤气喷了出来，但爸爸因为听力受损浑然不知。要不是小河刚好梦见这个场景及时关掉煤气瓶，后果真是不堪设想。至今小河回忆起这件事依然后怕不已。

小河坐在床沿，静静地看着爸爸，思绪回到往昔与爸爸共度的美好时光。在每一个或受伤或孤独或无助的寒夜，爸爸就像一个小小太阳，照耀着自己，温暖着自己，指引着自己走出黑暗，奔向光明。

如今，爸爸正一个人受困于无边无际的黑暗之中，我能不能也成为爸爸的小小太阳，给他温暖，给他光亮，陪他走出寒夜，重新回到黎明呢？想着想着，小河不禁潸然泪下。

爸爸虽然平日里与自己说话不太多，但他依然能感受到一个父亲对儿子那种如山一般的爱。起初，小河的确有些不理解，爸爸每天总是在书房里写作到深夜，留给自己最多的，就是埋头专注写小说的背影，就像一个固定在书桌前的雕塑。有时候，爸爸在吃饭时，会跟小河和妈妈说起构思中的作品，有时是一个书名，有时是一个人物，也有时是一个情节或一句令爸爸得意的句子。讲到动情处，小河发现爸爸眉飞色舞，双眼冒光。也许，那就是“热爱”吧，是一个作家对自己所从事职业的全心热爱。不过，小河还从没有认真读过爸爸写的小说，虽然每一次新书出版后，爸爸都会郑重地在扉页写上“请儿子小河雅正”，还签上他的笔名和一个特有的笑脸符号。小河虽然不怎么读，但他还是把爸爸送给自己的书按时间顺序摆好，放在他书架最显眼的中间一排，这么多年来差不多有十本。

直到今天，听到钟医生讲起爸爸未完成的梦想之书原来是一部关于“咏春”的长篇小说，小河才后知后觉，这三年爸爸都没有新书送给自己，一定是在写这部咏春的小说了。他突然想起来，有一天晚饭时，爸爸兴奋地宣布，他想到了一个绝好的书名，叫《咏春年华》。小河清晰地记得，爸爸那时手舞足蹈的样子，仿佛一个小孩子找到了丢失多年的心爱玩具。以前爸爸每年都会出一两本小说，这么说，他为了构思和写出《咏春年华》三部曲，已经足足努力了三年，在这过程中，一天又一天的熬夜写作，伤了身体，而到如今，这部小说还没有写完……

小河不知道爸爸为什么要把这么多的精力放在这本关于咏春的小说上，到底是一个怎样的故事，值得让他废寝忘食、呕心沥血地默默付出了整整三年的时间？也许是一个关于咏春与家族的故事吧，小河猜想，他记得曾经听爸爸说过，任家与咏春密不可分，没有咏春就没有任家。咏春在，任家在；任家在，咏春在。这一刻，岁月长河里与爸爸、与咏春有关的记忆，如同被潮水冲到沙滩上的贝壳，一个又一个闪烁着耀眼的光芒，涌现在小河的眼前。《咏春年华》，这应当是爸爸毕生的创作追求吧。他终于记起来了，爸爸曾经讲过，他要写一部自传，同时也是一部家族百年咏春传承史，而名字，正是《咏春年华》。

小河明白了，爸爸就是因为写这部书太劳累，旧病复发而入院的。他要写一部伟大的作品，为了这部小说，他太投入了，付出了自己的一切，这一定是爸爸的一部心血之作……

这时候，小河发现，爸爸的右手蠕动了两下，随后，他疲惫的眼睛慢慢地睁开了。当看清楚坐在床沿的小大人是自己的儿子时，爸爸刚才那黯然无神的双眼，顿然焕发出一丝明亮的光泽。

小河看到了爸爸眼睛里那一瞬间的光亮，似曾相识，就像当初爸爸突然有了小说创作灵感而兴奋得像个孩子时的神情。

这个炎炎夏日的上午，小河坐在爸爸病床的床沿，第一次，与父亲平心静气地聊了好多好多。小河觉得，前面这十二年来爸爸和他讲过的话，加起来也不如今天多。

当小河告诉爸爸，家里书房的咏春秘籍昨晚不见了的时候，爸爸的反应反而出乎小河意料。爸爸拍了拍头说，一定是自己这段时间病糊涂了，他入院那天早上比较急，本来想把书锁在那个抽屉里，估计是太匆忙忘了放。爸爸让小河靠过来，他凑近小河的耳朵，悄悄地说了几句话，小河听完神色庄重地点点头。

随后，爸爸讲起这本祖传咏春秘籍的来历。

原来，小河的曾祖父任鸿是一代咏春大师，是师祖梁赞先生的入室弟子。1939 年 3 月，木棉花盛开的季节，一支约 2800 人的代号“南支派遣军藤田旅团”的日军部队进犯广东鹤山，经过古劳镇时，扣押了12名中共党员。一个自由派日本空手道高手，也随军来到镇上，当这支日军的将领得知小河曾祖父是咏春高手时，便提出比武要求，如果咏春功夫赢，就释放关押的共产党员；如果空手道功夫赢，曾祖父就受胯下之辱，并要发誓此后不得再练咏春。为了营救被关押的共产党员，曾祖父勇敢地挺身而出。他使出浑身解数，最终凭借以柔克刚与臻于化境的咏春拳道险胜日本空手道高手，成功解救了12名中共党员。但是随后，为首的日寇将领，却暗中毒杀了曾祖父。送别曾祖父的那天清晨，春雨潇潇，古劳水乡几乎所有民众都冒雨自发前来为这位爱国志士送行。村头那棵百年木棉树之下，鲜血般红艳艳的英雄花雨，下了整整一天，仿佛也在为曾祖父默默送行，也在寄托对这位咏春大师的绵绵哀思。

爸爸喝了几口小河递过来的温水，继续对他说道："你曾祖父为人正直，爱国救民，与咏春一代宗师梁赞先生是同乡，都是鹤山县古劳都（现广东省江门市鹤山古劳镇）人。梁赞师祖十分欣赏你曾祖父的品德和武德，于是收其为入室弟子传授咏春拳道。梁赞先生年轻

时离开家乡鹤山，跟随父亲前往佛山筷子街开中药店，为老百姓行医治病，悬壶济世。他的咏春功夫源自咏春拳创始人严咏春女士，梁赞师祖改良咏春拳，创立了佛山正身咏春拳与鹤山古劳偏身咏春拳两大门派，其中佛山的叶问为梁赞师祖的徒孙，属于正身咏春拳一脉代表弟子；你曾祖父任鸿则是梁赞师祖偏身咏春拳一脉的入室弟子，他刻苦修习，深得梁赞先生衣钵真传。后来，在民国时期，你曾祖父开设咏春拳馆教授乡亲咏春实战武功以抵御强盗、土匪和日寇。他还结合实战情况，创新和改良了部分咏春拳招式，并且汇聚一生咏春研习心血，写出了一部咏春秘籍，这部秘籍的名字，正是《咏春妙手》……”

“你曾祖父被日军暗杀那年，你爷爷才五岁。他并没有机会去学习和传承父亲的衣钵——咏春拳，但他选择用自己整整一辈子的时间，去小心翼翼保藏好、守护好这部祖传咏春秘籍。当你爷爷从你曾祖母手中接过这部《咏春妙手》的那一刻，他已经深深感受到手上沉甸甸的重量，也深深地明白了这辈子奋斗的方向，自己的人生终将与这部秘籍的命运紧紧联系在一起。那一年，你爷爷二十岁，他做了一个惊人之举，选了远离村民聚集区的十里荷塘建房造屋。”

爸爸讲到这里的时候，小河茅塞顿开：原来爷爷选择这样一个偏远之地建造老祖屋，真正的目的并非仅仅为了方便照料鱼塘，也不是为了落得内心安静，而是为了咏春秘籍，为了更好保护他父亲留下来的心血之作、古劳偏身咏春之大成——《咏春妙手》！

“你爷爷为守护咏春秘籍，一生操劳，甚至献出了自己的生命。那个年代，有一个猖狂的文物偷盗团伙到我们镇上作案，听说你爷爷家里藏有一本价值连城的咏春秘籍，就进村来偷。可是，他们在你爷爷家翻箱倒柜也没有搜出这本《咏春妙手》。原来，你爷爷在他们到达之前就收到风声，已提前将秘籍藏在家门前那棵龙眼树的树洞里了，就这样，这部传家之宝逃过一劫。但那天晚上，这伙强盗残忍地殴打了你爷爷，导致他的右手腕严重骨折。当时你爷爷久久地凝视着受伤变形的手腕，直至泪水模糊了双眼，他长长地叹息了一声，接受了这个残酷的现实。正是这次受伤，才永远打消了你爷爷依照《咏春妙手》自学咏春功夫的念头。那一晚，你爷爷终于明白了，自己这一辈子的使命，便是好好守护这部传世之作。每个人，都可以用自己的方式去逐梦咏春，即使是默默地保藏与守护秘籍，也是最好的传承方式之一。但是，一周后，他开始吐血，原来那晚对他动手的那帮人里，有一个练过拳，那人早已对他珍藏的咏春秘籍垂涎三尺，恼怒之下就下了狠手，震伤了你爷爷的内脏。一个月后，你爷爷走了，他用生命保住的《咏春妙手》，后来由你祖母交到我手上。她还告诉我，你爷爷一生中最大的遗憾是没有练成咏春，他把一辈子的时间甚至自己的生命都奉献在保护家传咏春秘籍上。他喜欢练书法，认为书法与咏春有异曲同工之妙，他平时最爱读的一本书是《增广贤文》……”

说完这些，爸爸口干舌燥，他把杯里剩下的水一饮而尽。他有些累了，小河见状就扶住他的腰让他慢慢坐起来。爸爸在床上躺了两个星期，腰特别不舒服，脸上浮现痛苦的神情，小河就帮他轻轻地按摩着脊椎处，先是揉捏，然后按压，接着轻敲，爸爸的表情渐渐放松了许多。这是小河第一次帮爸爸按摩，他在爸爸身后听见了爸爸久违的欣慰的笑声。

这时候，妈妈提议说：“要不咱们到楼下花园走走。”于是两人搀扶着爸爸，来到了住院楼前面的草坪上。他们在一棵菩提树下的石凳上坐了下来，凳子不算长，小河让爸爸坐中间，他和妈妈在两边紧紧挨着爸爸……

不久以后，爸爸病情突然恶化，身体状况急转直下。亲戚帮忙将爸爸从家乡的医院转到香港，在一家医治这种疾病最先进的专科医院治疗……

三个月后，小河对爸爸的记忆，永远定格在那个夏日上午十一点钟的医院花园。此后，每逢他来到县城这家医院，无论是在门诊楼，还是在住院楼，他都会怀着难以言说的复杂心情，朝花园望上几眼。他多想能在那张一家人曾经坐过的石凳上，重新寻觅到爸爸的身影，能再次听到爸爸的笑声。

可是，一切都不可能了。爸爸，亲爱的爸爸，那个曾经照耀自己的小小太阳，永远永远地从西边白象似的群山上落下了，从此不再为自己升起。甚至连他自己未竟的梦想——那一部关于家族百年咏春传承史的小说，也永远永远地停留在第102页。

小河永远也忘不了，爸爸在香港那家医院的病床上，留给自己最后的话："小河，爸爸不能再当你的小小太阳了，你要努力做自己的小小太阳，你要加油哦……好好学习，将来争取考上研究生。还要永远记住曾祖父的话，'咏春是一道光，可以带你去很远的地方'。你要替爸爸将《咏春妙手》保存好，长大后续写下去，将咱们家族的百年咏春之光一直守护和传承下去……"

小河用心地听着，他早已泪流满面……

遵照爸爸的遗愿，小河、妈妈和亲戚在香港长洲岛附近的海上，为爸爸举行了海葬。小河永远也忘不了这个忧伤的夏天，有时候，他在想，也许，人生本来就是如此，并不总是一帆风顺和如心所愿，而是处处充满意外，时时事与愿违，或许这才是真实生活的常态。

料理完爸爸后事回到家乡那天，小河找到爸爸那天在医院告诉他的藏书处，那是爷爷生前亲笔写下的隶书书法作品"上善若水，水善利万物而不争"，小河小心翼翼地把它摘了下来，轻轻移开墙上一块青砖。可是，里面却空空如也——《咏春妙手》竟然真的被人偷走了！

小河呆呆地站在垫脚的木凳子上，一种怅然若失与愧疚混合在一起的复杂感受，如潮水般瞬间将他淹没，他感到自己一时之间竟无法呼吸。那是一种溺水的感觉。曾祖父毕生的心血之作，爷爷用生命守护之书，爸爸人生最后一刻之嘱托，家族近百年家学之瑰宝，难道就要在自己手上遗失了吗？在这个感伤之夏，自己不但失去小小太阳——亲爱的爸爸，而且还失去祖传的咏春秘籍……

“我一定要找回来！”小河仰天高呼，巨声仿佛越过老祖屋，穿过十里荷塘，飘过古劳水乡的上空，经久回响。

第四章 强

苦夏将尽，凉爽的秋，来到了人世间。

小河一天比一天焦虑，因为寻找失踪咏春秘籍一事，依然没有多少眉目。

但生活不会暂停，它不会等待任何人与任何事物，也不会怜悯任何人与任何苦难，它就像一条向东的河流，任凭人间冷暖，只管滚滚向前，每一刻都奔腾不息，直到汇入远方的大海。

爸爸走后，小河妈妈日夜以泪洗面。多愁善感的秋季来到的时候，妈妈如同树枝上摇摇欲坠的一片黄叶，迷失在一个人的独自飘零里。小河发现，妈妈开始出现各种反常的行为，最明显的是每天收拾衣服次数的增多，每次就站在衣柜前，将衣服一件件叠好，装进一个黄色旅行袋，然后茫然地站着，不知望向何处，似乎也不知自己身在何方，然后又将衣服一件件放回衣柜里；过不了多久，她又将衣服从衣柜里拿出来放进旅行袋……每天就是这样重重复复，茶饭不思，晚上也睡不着觉。

同族的几个亲戚也察觉到小河妈妈的异样，一个飘着细雨的星期六清晨，他们和小河一起送妈妈到医院看病，妈妈被确诊为重度抑郁症。小河坐在院长诊室的长凳上，当他听到这个名词时，惊慌失措，一时不知如何是好。林院长说，现在人们的工作和生活压力比以前大，不少人会得抑郁症，不过只要积极配合治疗，坚持定时定量服药，是可以恢复正常的。小河听后舒了一口气。

小河听见林院长安慰妈妈说："人生没有迈不过去的坎。"小河听到这句话，觉得自己心里也比之前舒畅不少。是呀，人生没有迈不过去的坎，只要有信心，只要保持对生活的热爱，妈妈一定会康复起来的。这时候，他记起来有一次自己咳嗽多日不止，妈妈带他去看一个老中医，脸色红润的老中医说："小朋友，少安毋躁，少安毋躁。"不知为何，听完这句话，小河觉得心里舒畅多了，吃完中药的第二天，咳嗽就奇迹般地好了。也许，人，需要各种方式的安慰，而人与人之间，有些心与心的真诚慰藉，比药还管用。希望妈妈这次也能快点好起来。

妈妈住进了镇上的精神科医院治病，每天晚上放学后，小河就去医院陪妈妈。一开始，妈妈不怎么说话，无论小河说什么，她都不笑。后来，经过药物治疗后，情况有所好转。小河永远也不会忘记那个秋日凉风轻拂的黄昏，他陪妈妈在医院的小院子里散步，在一棵金桂花树前，妈妈突然停下脚步，对小河说，她想去旅行，她要去香港找多年联系不上的表妹。小河告诉妈妈，要积极配合医生治疗，等病好了就带她去香港……

秋雨下了一整天。小河差点被生活的苦、现实的难所击溃。幸好这个多雨的季节，有关心与帮助自己的老师和同学相伴。

漫长的雨季终于结束了，接下来的那些天秋高气爽，风轻云淡，太阳很好。小河已升入初二，学校一年一度的运动会很快就要拉开帷幕。本来他没有报名，但班长古小雨同学在最后一刻“擅自”写上了他的名字，比赛项目是1500米。

也许是受爸爸的影响，小河平时喜欢文学，作文写得不错，初一第二学期被语文老师选进了学校的文学社。他看上去文质彬彬，每天总是穿一条黑色裤子和一件白色长袖衬衣，性格还有些腼腆和内向，并且身体消瘦、体弱多病，在校运会之前，并没有人相信他擅长跑步。但有一个人留意到他的特长，那就是班长古小雨。她发现小河每天上学、放学都会坚持跑上几公里，耐力特别好，所以想着1500米长跑对他来说也并非难事，于是就主动替他报了名，想让他通过比赛建立自信心，重新振作起来，尽快走出阴霾。

这一点，小河一开始并不知情。

不过，校运会那天，还是发生了点意外。

早上八点，校运会入场仪式马上就要开始了。可是班主任许老师一清点人数，发现少了一个人——任小河。许老师走过来，又走过去，摇摇头，又摇摇头，因为入场会演班与班之间要评比，少了一个人队列就不齐整了，她就必须临时调整队列方案。

然而，有一个人，比许老师更着急，她踮起脚，始终张望着校门口方向，这个人就是小雨。因为校运会第一个比赛项目，就是她“自作主张”帮小河报名参加的1500米长跑。

就在许老师和小雨急得如热锅上的蚂蚁般团团转时，几公里之外的荷花荡里，小河正艰难地在水中抓住船舷爬上小木船。

原来小河早晨撑船穿过家门口咏湖的荷花荡时，突然刮起一阵大风，他一时走神，船始料不及地撞向围基，他跌入了水中。幸亏小河水性好，一阵慌乱之后镇静下来，在荷塘水中游了一会，后来借力于荷，重新爬上了船。可是这时，他已全身湿透，校服上还粘着些泥巴，像落汤鸡一样。小河只好回家重新换衣服。

当他重新划船到对岸，正准备上岸时，几公里之外的学校运动场里早已旌旗猎猎，1500米比赛马上就要开始了。

那时候，小河心想，反正都快迟到了，正好有理由不参加校运会长跑比赛。然而，当他想起班长小雨，想起许老师和初二（2）班同学期待的眼神，想起要为班集体争取团队荣誉，想起自己应当通过奋斗拼搏去证明自己的时候，他对自己说：“我不能做胆小鬼！”于是，他迈开大步，朝学校的方向直奔而去。

小雨和同学们正在焦急地等待着这位快要迟到的长跑选手。“难道他要退赛？”小雨想到这里，不禁怅然而失望，随即又生出一丝愤恨：“任小河，你这个胆小鬼！懦夫！”她嘟囔了一声。

在离比赛报到截止还差 3 分钟时，小雨的脸终于雨过天晴，因为校门口出现了一个熟悉的瘦弱身影。她高扬着手，对着以百米速度狂奔而来的小河大声呼喊：“小河，这边！这边报到！”

1500 米长跑比赛终于正式开始了。站在起跑线上时，所有人都屏住呼吸静候起跑的枪响，只有小河一个人在叉着腰，大口大口地喘气。刚才他从咏湖上岸后，为了赶上比赛，马不停蹄地一路奔跑到学校，体力都快消耗完了。

第一圈，小河并没能跑到最前面的方阵里，他太累了。而且由于这个长跑项目报名人数不多，初二和初三混在一起比赛，所以小河比较吃亏。

这一幕，坐在广播台上担任校园电台主播的初二（2）班班长古小雨同学看在眼里，急在心上。

不过，到了第三圈，小河渐渐调整好呼吸和节奏，跟上了第一方阵，排到第四的位置。排在第一位的是初三（1）班体育委员区九同学，他身材健壮，是上届校运会1500米冠军，而对这次比赛他志在必得，一开跑就抢到了领跑的最佳位置。

“最后一圈！”当体育老师摇着铃铛大声提醒场上运动员时，小河清晰地听见自己怦怦的心跳声。就在这时，他听见学校的广播里正放着一首熟悉的歌曲，那是他平时心情低落时最喜欢听的励志歌——郭富城唱的《强》。那振奋人心的动感旋律、特别是充满拼搏精神的歌词，让小河觉得这歌简直就像专门唱给自己听的：

不知几番跌倒
旁人斜视喝彩
很不好过但我冲刺不改
只因心中记紧　当天可敬父亲
说信我会精彩
强人是你　能飞天遁地

其实你了不起

假使你永不说不能做到

对，“只因心中记紧，当天可敬父亲，说信我会精彩！”不知哪里突然生出的力量，小河觉得自己突破了生理的“极点”，呼吸不再急促，按照自己平日跑步的经验，他知道“第二次呼吸”马上就要来了。小河调整呼吸，暗暗激励自己一定要坚持到底，并开始加速。他感到脚步突然变得轻快，到最后200米时，超过了第2名。最后100米，他瞥见挤到跑道旁拼命挥动班旗的小雨，他听见她用自己从没有听见过的音量大声高喊：“小河，加油！小河，加油！”而她身后还站着班主任许老师以及十多名同学，他们也一起高呼着自己的名字，为自己加油鼓劲。

顿时，小河如双脚生风，以猎豹追逐猎物的速度全力向前冲刺，最后50米，他终于超过了排在第1位的选手区九同学……

后来小河才知道，这首《强》，真的是有一个人专门点给他听的，那个人是小雨。

站在领奖台上时，为小河颁奖的刚好是班主任许老师（她也是学校团委书记），她用手刮了一下小河的脸说："想不到咱们班小河同学不鸣则已，一鸣惊人呀！小河，你出现在赛场上，就是你自己人生最大的胜利，继续加油哦！"

小河终于笑了，几个月来，他第一次会心地笑了。正如小雨所期待的那样，这一刻，小河丢失已久的自信心回来了。

但是，当许老师走下颁奖台后，小河却隐约听到了从银牌领奖台传过来的声音："有什么了不起？没爸的孩子像根草，想不到草包也能比骏马跑得快！"

这话极其难听，小河不禁全身战栗，就像突然受了刺激。他转过身，与区九四目相对。小河感到自己受到了侮辱，他狠狠地瞪了区九一眼，谁知那区九不识好歹，仰起头一副嘲弄小河的神情。

小河暗暗攥紧了拳头。

放学回家时，小河把金牌小心翼翼地放进书包，准备带去医院让妈妈开心一下。一路上，小河心里也比平时轻快不少。可是，当他走到池塘边那棵百年老榕树下时，有几个人挡住了他的去路。

小河永远也忘不了这一天，如果说，人的一生中总会有几个决定性瞬间，那么获得长跑冠军的这一天，一定就是他成为如今这个他的一个决定性瞬间。

站在小河面前的是两个高年级的男生，应当是初三的，长得比小河高出半个头。

“小兄弟，有零钱吗？”其中一个问道。

小河一听就知道是怎么回事，遇上抢学生财物的小混混了，他拔腿就往旁边的分叉小路上跑，那两人紧追在他身后。跑步是小河的强项，好不容易甩开那两个家伙，可没等他庆幸多久，他就发现前面又有一个人挡住他的去路。那人身材魁梧，看身影还有点熟悉。

原来是区九，1500 米被小河跑赢的那个初三学生区九。他使了个眼色，那两个小跟班就开始搜小河口袋。小河随身没带什么钱，其中一个就用力推了他一把，小河差点摔倒在地上。那人恶狠狠地骂道：“没带钱跑什么跑呀，害得老子追这么远！”

小河没理他，白了他一眼。

“搜书包！”区九发出新的指令。

小河本能地把护在怀里的书包抱得更紧了，死活不让他们拉开拉链。可是没办法，寡不敌众，小河一个人不是他们三个人的对手。小跟班从小河书包搜出了校运会金牌，区九上前一把抢过，用力地扔进了不远处的鱼塘里。金牌落水的叮咚声，在小河的心里不断回响，同时也召唤出另外一个声音：如果我会功夫就好了，我要狠狠地教训一下这几个混蛋！在这一刻，小河感到学咏春功夫的念头，比盗贼入屋那个夏日的晚上，他跑到桉树下喘气的时候更加强烈与迫切。

区九三人大摇大摆地扬长而去，“流氓！”小河对着他们的背影狠狠地骂了一句。区九转身回到小河跟前，满脸凶色，目光像一把利剑一样朝小河劈来：“没斋的草包，不服是吗？！”区九摆起架势，打了一套小河有点眼熟的拳法——是咏春！小河吓得连连后退，一把瘫坐在地上，区九脚步如风，三两下工夫就来到小河跟前，他扯住小河的衣领，举起拳头正要砸向小河。

“住手！”

正在这时，传来一个女孩子正气凛然的清脆声音。

区九愣了片刻，当他看清来人时，随即变成一个泄气的皮球，先前凶巴巴的神色马上转为笑嘻嘻的模样，“班长，别误会，我们切磋切磋而已……”

小河回头一看，原来是小雨。

没等小雨走近，区九就朝另外两人使了个眼色，示意他俩离开。可是那两个毛头小子不识好歹，冲过来准备对小河动手，就在这千钧一发之际，小雨将小河护在身后，也打起咏春拳。虽然她只是一个身材纤细的小姑娘，但由于自幼跟爷爷学咏春，所以身手了得，拳掌之间虎虎生风，灵巧而有力。

小河还是第一次见识到小雨的咏春功夫，惊得目瞪口呆。

而不认识小雨的那俩小子，见识到女侠的真功夫后，看傻了眼，站在原地呆若木鸡，不知如何是好。

区九狠狠踢了那两人一脚，随后三人一溜烟跑掉了。

至于区九为何这么怕班长小雨，小河也猜到一二。区九之所以抢走自己的金牌，不单是因为自己跑赢了他，还有另外一个缘由：小雨特意点了自己最喜欢的《强》来激励自己，还为自己呐喊加油，区九既羡慕又妒忌，最后演化成对自己的恨。所以他才会这样对待自己。

想到这里，小河觉得无论怎样，对如此勇敢而且打起咏春拳帅气如女侠的小雨，他还是心怀感激，要不是她替自己报名参加长跑比赛，自己就不会在赛场上战胜自己；要不是她此刻及时赶到，恐怕区九对自己的校外霸凌行为就会得逞。

小雨说："小河，你要勇敢一点，别再做胆小鬼啦。如果你不想被人欺负，就要变得强大，变成比区九还厉害的咏春高手。永远也不要做生活的弱者，要做生活的强者。"

"我记得爷爷讲过，你曾祖父任鸿师父曾经留下一句话：'咏春是一道光，可以带你去很远的地方。'的确是这样的，这个遥远的地方，其实也包括你妈妈想要去的香港。因为明年暑假举行的世界咏春邀请赛总决赛，新增了少年组比赛，而举办城市正好是香港……我爷爷会咏春，要不你跟他学吧。咏春不但是一种拳术，更是一种生活方式，可以让你成为更好的自己。"

小河的眼睛又红了，不过这一次，更多的是因为感动。对于小雨这一番堪称人生启蒙和梦想召唤的话，小河深受震撼，他从没想过（也从没意识到），自己身上所缺少的，正是改变自己、与命运抗争的勇气与决心，而通过努力，自己也可以做自己人生的主人，成为一个自信的强者。小河下定决心，要像小雨所说的那样，勇敢迎接生活的挑战，做人生的强者，成为更好的自己。

这个秋天的黄昏，小河虽然丢失了长跑金牌，但却收获了人生中第一次自我觉醒。小雨的勇敢举动、她的咏春功夫，连同她意味深长的一番话，彻底点燃、唤醒了小河内心深处的咏春之梦、强者之梦；同时，他也希望，通过自己的咏春研习之旅，帮助妈妈实现去香港的心愿，让妈妈的抑郁症赶快好起来。

第五章

拜师

正当小河踌躇满志幻想着咏春练成之日的荣光时，小雨爷爷古兆意味深长的一番话，给他当头泼了一桶冷水。

“偏身咏春自古只传同宗族人，不传外姓，”古大爷摆摆手说，“这是祖训。”无论小雨如何恳求，他就是不肯松口。站在门外的小河听了，唯有一声叹息。

小河家族和小雨家族并非宗亲，小雨住在梁赞师祖的家乡东便村，小河住在麦水村，两条村子相隔还挺远。小河记得爸爸说过，任家族谱记载：任家先祖世居杭州府钱塘县大庆里（今浙江省杭州市大庆里），后经广东韶关南雄珠玑巷入粤；南宋末年，始祖任勉之迁居至古冈州古劳都麦村，即今鹤山古劳麦水村。而小雨所在的古家，一开始就是古劳当地两大姓氏之一，“古劳”即由“古”姓和“劳”姓两宗族而得名。

“况且，我也隐退几十年了。”坐在竹藤摇椅上的古大爷说完这句话，不知为何，好像一下子就陷入了对往事的回忆中。

小雨拉住爷爷的手，荡过来又荡过去，“爷爷，您就帮帮小河吧。您看他现在多可怜呀，他爸爸走了，妈妈又住院了，只剩下他一个人孤苦伶仃的，他平时还体弱多病……班主任许老师对我们班干部说，大家要多想办法帮帮小河，不但学习上，生活上也要帮助他……”

爷爷从缅怀往昔中回过神来，静静地听小雨继续说：“爷爷，爷爷，我记起来了，您不是说过吗？咱们祖传的偏身咏春拳，最初咏春祖师爷梁赞创立时，就是专门为体弱的人设计的，而小河就是这一类人。他刚刚获得校运会 1500 米长跑比赛冠军，耐力特别好；更重要的是他为人正直善良，我保证他人品、武德高尚，绝对是练咏春的合适人选。我记得您说过，咏春能让人强身健体，还能唤醒一个人的强者之心，而这两方面，是小河现在最需要的了……”

小雨是学校辩论大赛冠军，她这番长长的申辩，一口气说下来，就如同密集的雨点，噼里啪啦地敲打着小雨爷爷的心房。

“爷爷，您就同意嘛，收小河为关门弟子吧！要不，先看看小河是不是练咏春的料，不合适就‘退货’，好不好呀？”小雨开始摇爷爷的肩膀。

小雨的轮番“攻击”，确实讲到了点子上，再加上平时最宠她，最后，实在拗不过小孙女的百般请求，古大爷就勉强答应给小河一次机会：只要通过他的考验，就会收小河为徒。

古大爷今年八十二岁了，虽然个子不高，但身体结实，双眼如电，精神奕奕。在小河的印象中，每次遇见，他总是腰板挺直，站如松，走如风，再加上雪一样白的短发和短胡子，如同仙风道骨的谪仙人。

不过，小河一开始并没有把他和功力非同小可的隐世咏春高手对上号。因为古大爷前些年一直在学校担任门卫，自己还帮他扫过地呢，从来没见他露过真功夫。想不到，最厉害的人，就在民间，并且就在自己身边啊。

小河暗自感叹。

“没错，我爷爷年轻时是咏春高手，不过因为看走眼收了一个不肖之徒，后来就干脆隐退，不再收徒弟。这三十多年来，他都没在外人面前露过身手。”小河回想起小雨曾经对自己说过的话，内心不由得对这个神秘的老人家肃然起敬，同时也充满了好奇。

“进来吧。”小河听到门里古大爷如铜钟般洪亮的声音。原来刚才小河听到古大爷一开始说不收外人为徒时，他嗡嗡嘤嘤的抽泣声，早已被耳聪目明的古大爷所察觉。

门开了，小河看见了小雨，她的笑容好像有一丝神秘，似乎暗示着什么。小河怯生生地走进院子。突然，一个黑色的影子在小河跟前迅速掠过，眨眼儿工夫就消失在墙角处。小河吓了一跳，定睛一看，原来是小雨爷爷养的大黑猫“武松”。只见它全身黑亮，身子弓起，像一座拱桥，尾巴笔直地翘着，正目不转睛地盯住小河，一对黄宝石般的眼睛，射出两道满含杀气的寒光。

小河没见过武松的这个架势，平时他来找小雨，它都像个乖宝宝一样温顺地在他脚边蹭来蹭去。今天它为什么突然对自己有如此大的“敌意”呢？小河正纳闷，听见武松长长地“喵——”了一声，只见它前爪趴低，身体呈俯冲状，背上油亮的黑毛一根一根竖起来，如同尖刺，好像准备随时发动攻击的样子。小河此时大脑一片空白，一动不动地注视着武松。他心跳加速，能清晰地听到自己胸口传来的怦怦声。

武松踱着方步，准确来说是猫步，像一只黑色的小老虎，向小河步步逼近。小河平时最怕发怒的猫和狗，他由不得双腿颤抖，武松向前一步，他就颤颤巍巍地往后退一步，可谓步步惊心。

这时候，出人意料的事情发生了，武松竟然像一只狗那样，两只后腿撑地，身体直立，随后左右前爪轮流挥舞，就像一个人在打拳。更令小河觉得不可思议的是，它的动作竟然还有板有眼。小河把眼睛擦了又擦，简直不敢相信眼前所看到的。噢，一只会功夫的大黑猫！难道它也跟古大爷学了咏春？！

没等小河想明白，说时迟那时快，武松改变姿势，一个箭步扑向他，小河吓得身子一闪，躲开了武松的攻击。他踉跄了几下，最后扑通一声跌倒在地。

“武松，休得无礼！”古大爷大声呵斥道。

武松恹恹地“喵”了几下，随即，竟然侧身卧倒在小河脚边，一动也不动，看上去一副不省人事的样子。

小河惊呆了。难道这武松还是一个戏精？他好想狠狠踢它一脚，不过，他没有这样做，他的秉性也绝对不允许他这样做。

“武松，武松——”小雨叫唤着黑猫的名字。

只见它一个原地翻身，随后就迈开轻快的步伐，屁颠屁颠地向小雨那边走去。

小河站起来，看着这只可以拿最佳男主角的黑猫，哭笑不得。

“小河，你过来。”古大爷对他说。

小河走到古大爷身边，站着，心里有些忐忑。他看了古大爷一眼，他个子矮小，但身材很结实，有一双远比常人大的手掌，上面长满了老茧。他的眼睛也比一般人大，目光炯炯有神。小河不知道，刚才大黑猫武松突如其来的捣乱，是一个意外的插曲，还是古大爷有意的安排。

“小河，说说看，刚才武松表现得怎么样？”

古大爷这意味深长的语气，使小河联想起刚才进门时小雨那神秘的眼神，他立刻明白该怎样回答了。

“古爷爷，我觉得武松会武功，而且很可能是咏春拳。”

“何以见得呀？”古大爷脸上的皱纹如水波般轻轻荡漾开来。

“首先，虽然武松确实吓到了我，但它倒地后，我并没有去踢它，因为我相信‘德有多高，功有多深’，而这应该也是学习好咏春功夫的前提；其次，我印象最深的是武松扎起马步直立挥拳，这动作我觉得非常像咏春最基本的招式——小念头。我听爸爸说过，‘念头正，终身正’，心无杂念才能正心正气，这应该也是学习好咏春功夫的基础；再次，武松虽然一直在攻击我，但我只是闪躲，没有正面与它硬对硬还击，因为我知道，这是咏春功夫‘自卫’‘防守’的基本特性；最后，武松进攻时气势如虹，防守时假装不省人事，可谓能进能退、刚柔并济，这应当就是咏春功夫的真谛……”

小河逻辑严密、头头是道，虽然他没接触过咏春，但平时饭桌上爸爸说起他写的《咏春年华》时，偶尔也会讲讲咏春的奥秘与奇妙之处。小河偷偷看了古大爷一眼，发现他边听边悠悠地捋着雪白的短胡子，此时的他是小河从未见过的慈眉善目，眼神里仿佛绽放出欣喜的光彩。

“那你为何要学咏春呀？”古大爷问小河。

“为了妈妈……”小河哽咽着说道，“妈妈得了抑郁症，她每天都收拾行李说想去香港找她表妹。我听小雨说，明年暑假世界咏春邀请赛增加了少年组比赛，如果我获得总决赛资格就可以带着妈妈一起去香港……”

古大爷怔了一下，他没想到，一个十三岁的少年，肩负着如此沉重的生活负担与梦想，况且，他还这么有孝心与爱心，这不正是自己要找的品性高尚的接班人吗？

“另外，我家族的命运也与咏春有关，曾祖父任鸿‘创咏春’，悉心研究咏春拳并加以改良创新，总结毕生咏春研习心得而写出咏春秘籍《咏春妙手》，用咏春来救国为民，并因此牺牲；爷爷‘护咏春’，为保护咏春秘籍献出了自己的生命；爸爸‘写咏春’，虽抱病却用三年时间写了一部家族咏春史《咏春年华》；而我，则希望自己能够‘传咏春’，通过修习咏春，将家族的咏春梦守护下去，传承下去。”小河想了想，继续说道，“还有，我还想通过练习咏春，让自己成为一个生活上的强者，首先是强身健体，然后是成为一个不畏困难、意志坚强、自强不息的人。”

小河说完这些心里话，双眼早已泛起泪光，他清澈的大眼睛忽闪忽闪，眼神平静而坚定。

“小河，自从我准备收关门弟子的消息传出去后，我至少考验过近十个古姓宗室的孩子。可是，他们无一例外是为学咏春而学咏春，只有你一个人对咏春有独到的理解……”古大爷边思考边点头说，“虽然我们不是同宗族的人，但是，你的品德、你的诚意、你的梦想打动了我……对，我想起来了，我在小学当门卫时，你还帮我扫过几次地……所以，我决定今天破了这规矩，收你为徒。”

“太好啦，太好啦！”小雨边鼓掌边跑过来，她一把搂着爷爷的脖子说，“谢谢爷爷！”

“谢谢古爷爷！”小河下跪行拜师之礼。

“赶紧叫师父呀！”小雨对小河说。

“感谢师父收我为徒。师父，请用茶。”小河随即沏了一杯上好的古劳银针茶，恭恭敬敬地递到古大爷面前。

小河高兴极了，觉得自己距离梦想实现近了一步。他想要好好感谢班长小雨，以前误会她了，将她对自己的关心误会成对自己的同情与怜悯；他还要感谢小雨家这只似乎会咏春功夫的大黑猫武松，正是它的“表演”

让自己获得了最好的启示。

就这样，小河惊险地通过了师父的第一次考验。但是，世上没有一条道路是容易的，就算有，也往往只会通往平庸这个终点；更多的时候，沿路满布毒草、沼泽、雪山、野兽，唯有一路心怀梦想、披荆斩棘、勇往直前，才有可能到达成功的彼岸。不久后，小河将迎来人生中更加艰苦也更加巨大的挑战，他就要向着梦想中的咏春之路勇敢进发了。

古师父每天清晨五点半准时起床练拳，雷打不动，即使在这隐退的三十多年里，依然保持这个习惯。小河知道后，想了很多很多，也许，这就是自律的力量，自律才是最大的自由，研习咏春，首要的正是自律与坚持的精神。

小河立刻调整了自己的作息时间，晚上早早睡觉，第二天早上闹钟一响就起床。他来到小雨家时，发现古师父早已在院子里扎起了马步，在练咏春最基础的招式——小念头。

小河走过去，发觉大黑猫武松也已站在古师父旁边的石凳上。只见它直立着，又像上次小河见到的那样，挥舞着前爪。原来这个小家伙真的是模仿师父练成了咏春招式。那有板有眼的认真模样，让小河既忍俊不禁，又由衷佩服。

“万物皆有灵，”古师父说，“武松跟了我十年，它每天早晨都看我练拳，久而久之竟然也学得有模有样。”

“小河，你也可以的，”古师父练完一组动作后，停下来对小河说，“只要有梦想，就勇敢去追，不怕困难、不畏挑战、坚持到底，你也可以成为一名真正的咏春高手。”

小河用力地点点头，古师父的话，给了他莫大的信心与鼓励，他感觉自己心中的咏春梦此刻正如火把一样，在让他迷失的暗夜之路，高高举起，熊熊燃烧。

古师父送给小河一套黑色咏春练功服，小河换上后，神采飞扬，令一旁的小雨都眼前一亮。是啊，这个曾经每天上学总是穿黑裤子白衬衣的文弱害羞少年，此刻换上咏春服，就像完全变了一个人，显得更加阳刚帅气，像极了电影里的少年武术家。小河摸了摸练功服，心里由衷地喜欢，他感觉穿在自己身上的，就是一件拉风的战衣。

这时，一阵晨风拂过，院子里的龙眼树发出窸窸窣窣的声音，像在和着初秋的凉风唱着一曲咏春之歌。小河在微亮的曦光里专注地扎着马步，开始聆听师父给自己上的咏春第一课。

古师父先打了一套 108 式咏春拳，他虽然个子较矮小，但长年练拳锻炼出一副结实的身材，只见他动作连贯流畅，拳脚干净利落，收放自如，虎虎生风。小河瞪大眼睛认真地观摩着，想不到小雨的爷爷真是一个隐世的咏春大师呀，第一次目睹他精湛、有力又灵巧的咏春拳法，可谓大饱眼福。

“小河，我先给你讲讲咱们鹤山古劳偏身咏春拳，也就是鹤山梁赞咏春的来源和历史。正身咏春和偏身咏春的开山祖师，正是咱们古劳东便村的梁赞先生。他是晚清著名武术家，也是我们所有咏春人的师祖。小河，你看门口这副对联‘拳伏深山猛虎，棍打海底蛟龙’，在梁赞师祖故居同样有一副。梁赞师祖一生钟情武学，尽得咏春拳奥秘，被世人誉为‘咏春拳王’。他自幼聪慧，酷爱武术，从小习武，读书后在佛山赞生堂药材店经商，经常义诊，有妙手回春之名；后来机缘巧合，跟随红船子弟梁二娣及鹤山古劳同乡咏春高手黄华宝研习咏春拳。黄华宝是粤剧名伶，他的咏春功夫来源于红船子弟梁兰桂——咏春创始人严咏春女士过继的儿子。梁赞师祖尽得咏春拳之奥秘，将多种拳术精粹糅合创新，首先在佛山创立了正身咏春拳，成为一代宗师。相信你也听说过咏春拳最著名的代表人物叶问和李小龙，叶问正是梁赞师祖的徒孙，而李小龙则是叶问的徒弟。佛山是咏春发扬光大之地，但咏春真正的根在鹤山，鹤山古劳是咏春的原点。有一句话概括得很好：咏春起于严咏春，衍于梁赞，盛于叶问，扬名海内外于李小龙。”古师父练完一整套拳后，就迫不及待地同小河讲解起咏春的前世今生。

小河惊叹不已，师父对于咏春源流历史简直如数家珍，“以前我只知道叶问和李小龙，想不到他们的咏春拳法都源自咱们古劳的梁赞师祖。师父，那后来梁赞师祖又是怎么创立偏身咏春的呢？”小河问道。

“后来呀，梁赞师祖晚年就回到了咱们古劳水乡。那时候，刚好同乡有一个人叫王华三，自幼体弱多病，他想跟梁赞师祖学咏春。梁赞师祖见他身体瘦弱，不适宜练正身咏春，于是就在正身咏春基础上改良招式，创立了适合体弱之人练习的偏身咏春。”古师父越讲越激动。

“嘿嘿，这个我知道一点，偏身咏春最适合像我这种体弱多病的人练，能强身健体。可是师父，偏身咏春与正身咏春最大的区别是什么呢？”小河打破砂锅问到底。

“梁赞师祖在咱们鹤山古劳首创的偏身咏春，可谓集他一生武学之精华。保留了正身咏春拳刚柔并济、连消带打、巧打为主的特点，改正身为偏身，采用‘以闪为进’的三角马及侧身马，注重忽左忽右、灵活快速的偏身转换；同时还删繁就简，把繁杂的拳术套路精简提炼为十二路散手实用拳法——我们常说的‘咏春十二式’：包括上 36 招式大念头、小念头、标捶、十字捶、双龙出海、三箭捶，以及下 36 招式拦桥、切指寻桥、鹤膀、短桥、腾马、伏虎。”古师父娓娓道来。

“我练的咏春拳法正是‘偏身咏春’，是从我爷爷那里学来的，他的师父就是梁赞师祖，我算是鹤山梁赞咏春的第四代传人……这样说，你就清楚咏春的历史和发展脉络了吧。”古师父问小河。

“以前从爸爸那里也零零星星听过咏春的介绍，今天经过师父这么详细的梳理，我对咏春的理解清晰多了。谢谢师父！”小河说。

“师父，那您又是怎样练起咏春来的呀？”小河对古师父隐世三十多年的经历颇为好奇，他觉得师父一定有故事。

“哈哈，我呀，小的时候我们这里崇尚武功，我五岁那年就开始跟爷爷练咏春啦。我记得爷爷说过，他的师父梁赞师祖一再跟他强调，偏身咏春只能用于看家护院，只传家人，还要低调练习，爷爷也是这样要求我的，我一直铭记他的嘱咐。七十多年过去了，直到近几年，我看到咏春拳传承人一个个都老了，包括我自己也八十二岁了，却后继无人，担心梁赞师祖创立的偏身咏春反而在发源地——我们古劳这里失传，所以才准备收关门弟子呀……”古师父若有所思。

小雨这时候端着一个盘子走了过来，把一杯热气腾腾的绿茶递给爷爷，又把一盒牛奶塞在小河手里。小雨就坐在院中的石凳上，静静地看着这师徒俩。

“练拳这几十年，我一直遵循祖训，除了区富外，功夫从来也没有传给外人,更从来没有用咏春拳伤过人，除了练功外，我就是一个普普通通的农民，每天担泥锄田，结网打鱼，耕田种菜，将咏春拳术一些动作运用在劳动生产与日常生活当中。比如扒龙舟，可以用到咏春拳里的腕力；铲地，可以练习一瞬间的爆发力。这样既可以练功，也可以干农活，算是替爷爷兑现了对梁赞师祖的承诺。”

古师父说到这里，眼睛凝视着天空，仿佛在虔诚地向梁赞师祖和自己的爷爷致敬。

这个晴朗的秋日上午，小河专心致志地听古师父讲完咏春第一课，他深受感动，也获益匪浅。是的，咏春早已融入师父日常劳作中。

自此以后，每一个清晨，天刚蒙蒙亮小河就来到小雨家院子里，跟随古师父刻苦学习咏春拳。

整整一个秋季过去了，小河的基本功练得扎扎实实的，特别是小念头、木人桩等。小河以他极高的武术天分，征服了古师父，也让古师父确信自己当初没选错接班人。可是，当天气一天天凉起来的时候，小河变得心事重重，他疑惑不解：师父为何还不教自己对抗实战的咏春招式呢？连最经典的“黐手”都还没怎么教。小河开始对每天必修的“小念头”之类的基础拳术产生了厌倦和抵触，他心里有些埋怨古师父迟迟不教自己更高阶的防守拳套“寻桥”，以及进攻拳套“标指”等对抗拳法。

“走，小河，到你家荷塘去，”古师父似乎看透了小河的心思，在一个星期天的上午，练完拳后，他拍了拍小河的肩膀说，“现在就去。”

小河丈二和尚摸不着头脑，只好跟着师父回自家的咏湖，小雨也跟着一起。

11 月，咏湖里的荷花早已谢了，荷叶灰黄，残荷在秋风中乱舞，整个塘面一派凋败之色。可是，小河知道，荷并没有死去，它们此刻正在水下积储能量，熬过寒冬之后，用不了多久，它们就会像新生的婴儿一样一个个从湖面探出头来，然后迅速占领整个荷塘。

小河在船尾撑着一支长长的竹篙，古师父和小雨坐在前面。起初，船缓缓前行，到了湖心处，古师父让小河停船，他接过竹篙，告诉小河：划船与咏春，其实也是相通的，都要学会用手腕的力量。小河认真地观察和揣摩着，从师父手中接过竹篙，时而模仿师父撑竿的姿势和动作，时而停下来体会手腕运力的技巧。快靠近塘基时，师父又一次让小河把船停下来。小河一肚子纳闷，师父究竟想要干什么呢？

“扑通”，小河循声望去，只见师父已利索地跳进水中。塘水不算深，刚没过他的腰部。

小河看到师父这个古怪的举动，不由得惊呆了。

“水下有什么？”古师父问小河。

“淤泥。”小河不假思索。

古师父摇摇头。

小河心想：噢，水下的莲藕，两个月前大多已经成熟，那时妈妈还没有发病，她请了人帮忙挖莲藕，今年的收成还不错。到现在这个季节，塘下的淤泥里应当还剩下少量晚熟的藕，以及一些留做来年种植的种藕。

“晚熟藕和种藕。”小河边说边摸了摸头。

小河看到师父点点头，随即开始双掌运功。突然，师父对准水中一处，右手直插水中，那雷霆万钧之势，如同一把出鞘的利剑。紧接着，师父从水下掏出一个东西，船上的小河和小雨看得目瞪口呆。小河觉得，整个过程，极像翠鸟入水捕鱼。

师父表演的是“单手拔藕”，难度非常高，一是要眼疾，看准水下莲藕根茎；二是要手快，将整条藕连根一次拔出。小河惊叹不已，平时自己和妈妈采莲藕，需要先用脚摸索到莲藕，并擦去淤泥，然后用双手费劲地把藕挖出，有时候，还需借助一些工具，才能把莲藕从水中完整挖出来。想不到师父单手就能轻而易举地将莲藕从淤泥里连根拔起。小河看出来了，师父刚才用的就是咏春拳法。

他和小雨不禁拍起手掌来，心里佩服极了。

古师父对小河使了个眼色，把手中那根粘着泥的莲藕向船上抛来，小河踉踉跄跄地总算接住了。

古师父没有说话，他在水中稳稳站住，开始运气。随后，他一口气打出一套连贯的“咏春十二式”，边打边口中念念有词：大念头、小念头、标捶、十字捶、双龙出海、三箭捶；拦桥、切指寻桥、鹤膀、短桥、腾马、伏虎。小河记起来了，这正是师父在咏春第一课中对自己所讲的偏身咏春经典招式。

小河大开眼界，虽然是在水中，但是师父每一拳、每一掌、每一招、每一式，无不虎虎生风，既孔武有力又灵活自如。在他的面前，激起的水花如四溅的银花开满荷塘上空，仿佛也在赞美着古师父精彩绝伦的咏春拳法。

不知为什么，小河见到此情此景，想起了他读过的毛泽东的一句诗“自信人生二百年，会当水击三千里”。师父在水中以手击水、用咏春迎风劈浪的招式，何等潇洒自如、何等畅快淋漓啊！他此刻也好想跳进水中，跟师父“摩拳擦掌”切磋一番。

“水中练拳，因为水有阻力，难度更大，需要更多的心气和力气，”古师父说，“我早晚在家里练拳，白天就在荷花荡里练，已经坚持三十多年了。在荷塘里练拳一方面可以增加练习难度，另一方面也不想让外人看到我练拳。”

“另外，在水里练习咏春拳，由于水对人体的压力，会增强咏春拳的爆发力，功力会大增。”小河顿时明白了，古师父虽然隐退几十年，但依然坚持每天修炼咏春，可以说真正做到了数十年如一日，所以才练成今天的真功夫。古师父一直不将咏春功夫示人，却又一直在默默坚持练拳，想必整个古劳水乡，也只有眼前这荷花荡和他院子里的龙眼树才有幸见识过他的咏春真功夫了。

古师父给小河示范完水中练功，就上了船。可是，他并没有坐下来，他站在船上，扎起了马步，整个人坚如磐石。一阵风吹来，小船左右摇晃，小雨和小河差点掉下船，可是古师父却宛如一棵青松，巍然屹立，任疾

风劲吹，依旧稳如泰山，他一直气定神闲地扎着马步打着拳。

小河又一次目瞪口呆了。单手拔藕、水中练功、船上扎马，师父今天这三项惊天奇功，把小河彻底征服了，也让他内心深受震撼。他终于明白，咏春最重要的是基础，而不是招式与技法，练习咏春之路，就在自己生活中，就在自己身边，就在自己脚下。

古师父见小河先是若有所思后又恍然大悟的样子，也明白了这小子看懂了自己这特别的教育方式所含的深意。他拍拍小河的肩膀，说：“小河，咏春是拳法，但首先是心法，心到了，手就稳了。咏春如禅修，就在我们自己身边，处处是咏春，时时皆可练……”

小河郑重地点点头，他突然感到豁然开朗，彻底开了窍。他又一次望向这满塘的残荷，他知道，只要度过接下来的寒冬，用不了多久，咏湖就又将满塘春色，满塘荷香。

此后的日子，每天清晨一听到鸟鸣，小河就一骨碌爬起床，跑来小雨家练拳。不觉到了初冬，清早的寒气一日比一日猛，天也一天比一天黑，但小河风雨不改地坚持了下来。他自己也感觉到，比起秋天的时候，自己的内心更加平静也更加专注了。

在古师父的悉心指导下，小河的咏春功力一天天精进。他开始主动要求增加训练时长，除了早上上学前的一个小时外，每天他在学校利用自修课高效完成作业，晚上放学回来后再跟师父练习两三个小时。每个周末，他基本上与咏春拳一起度过，特别是周末白天的时候，他让师父带他到荷花荡里，跟着师父一起练习水中咏春拳法。虽然冬天的湖水冷得刺骨，但小河跟随着梦想的召唤，以坚定的决心和意志，勇敢而刻苦地坚持了下来。

但是，在紧张的咏春研习之余，小河始终放不下一件心事。这件事一直宛如巨石压在他的心口，而且变得越来越重：秋去冬来，而自己家祖传的咏春秘籍《咏春妙手》依然下落不明。

第六章

第一次

漫长而充实的冬季一天一天过去，春节马上就要到了。

作为镇上一年一度的盛事，古劳镇“迎春杯咏春擂台赛”就要开始了，这段时间，整个小镇的人仿佛都在谈论着这项万众瞩目的赛事。

小河也报了名，这是他学习咏春后，第一次参加正式比赛。

他虽然练习咏春的时间不长，只有半年左右，但凭借自己的热爱、聪慧、勤奋，长期跑步的耐力和体能锻炼，以及过人的武术天赋，特别是得到隐世咏春大师古师父的悉心指导，小河的咏春拳术得以日益精进。

所有人都看在眼里喜在心头，因为镇上又多了一个可以传承家乡偏身咏春的可造之才。但有一个人，对此很是不屑一顾，甚至还有点说不清是嫉妒还是怨恨。他就是小河的同校同学——区九。因为小河在校运会 1500 米长跑比赛中赢了他，抢了他的风头，并且那天放学路上小雨还出面帮了小河，让他对小河一直怀恨在心。

比赛的日子终于到了。小河在少年 B 组的小组赛中顺利击败了三个对手，获得小组头名。到淘汰赛时，对手是少年 A 组的第一名区九。

站在擂台上，区九轻蔑地扫了小河一眼，说："我学咏春六年，你才学六个月，想跟我斗，你还没资格呢。上次要不是小雨，早就教训你一顿了！"

小河不理他，裁判哨声一响，他就立刻专注投入比赛。他注视着区九的眼睛，仿佛看见一股红色的杀气从中升腾而出。小河知道以区九的性格，一定会采用主动进攻的策略，于是他立刻做好防守反击的准备。

两人一交手，小河马上就感觉到区九不是在进行点到即止的比赛，而是在拼命打斗，每一拳、每一脚都狠毒无比。

古师父在台下也察觉到这一点，他对着区九不断地摇头："唉，跟他父亲一样，不肖之徒呀。"

区九父亲名叫区富，年轻的时候曾是古师父的弟子。但是他心术不正，为人心狠手辣，并且还使用咏春打架斗殴，差点伤了一位与之因小事争执的村民，这是修习咏春之大忌。于是，古师父遵照梁赞师祖当年的训诫：不将咏春传授给品行不端、武德不正之人，就将区富逐出师门。区富对此耿耿于怀，离开拳馆那天，还差点踹坏了古师父爷爷留下来的木人桩。

想不到，如今区富的儿子区九，也"继承"了父亲的恶习。古师父庆幸自己当初及早发现苗头并与区富断绝师徒关系，但此时此刻，他又一次回想起，自己之所以退隐江湖，很大一部分原因，就是当初收区富为徒时破了"只传宗亲、不传外人"的祖训，并且对区富的品德和武德的考察不够严谨细致，被区富一时的假象所蒙骗。古师父一直为此而自责与忏悔，也被不肖之徒区富伤了心，此后三十多年来，他恪守隐世承诺，不再收徒弟传授咏春武功。

"小河，小心！"见到区九招招毒辣，小河差点被他重拳击中，古师父和小雨不约而同地大声提醒小河。

小河使出了浑身解数，不过最终还是不敌区九，第一次参加咏春正式比赛，小河输了。

比赛完的那天午后，小河没有跟古师父回家练拳。他回到了自己一个人住的家里，看着空荡荡的大屋，小河心里感到失落又孤独。爸爸走了，妈妈的抑郁症还没有好，已经在医院住了几个月了，想到如今只剩下自己一个人孤苦伶仃，苦练咏春半年又输了比赛，小河心里最后的防波大堤，一下子就被如洪水般的眼泪冲出一个缺口。泪水哗啦哗啦地模糊了小河的双眼，朦朦胧胧中，他仿佛看见爸爸穿着白汗衫的身影，仿佛又一次听到病床上的爸爸说："小河，你要加油哦。"

小河擦了擦眼泪，他走出里屋，推开大门，看到下午四点的冬日暖阳正照耀在不远处一望无际的荷塘上，北风吹着咏湖的水面，轻轻荡起一圈圈粼粼的波纹。有那么一瞬间，小河觉得，那样的波纹，就像画像中梁赞师祖脸上的皱纹，像《咏春年华》里爸爸描述的曾祖父脸上的皱纹，像照片里爷爷脸上的皱纹，像爸爸脸上的皱纹，也像古师父脸上的皱纹，平静而坚定。小河定定地站在寒风之中，望着湖面的波纹按照自己的节奏有条不紊地荡漾开去，如同祖父辈平静的微笑在饱经沧桑也满含睿智的脸上掀起的皱纹，他回想起所有与咏春、与自己有关的先辈，突然好像悟到了什么。他脱下外套，在冬天的阳光里，跃进荷塘。小河水性极好，在水中畅快地游呀游，一直到暮色四合，凉风渐起。他游到了咏湖与西江的交汇处，他的视线又一次模糊了，不知是河水还是泪水。他站在齐腰的水中，自然而然地练起了偏身咏春十二式，心中所有的不快，仿佛都随着挥出去的一拳一掌，消散在寒冬呼呼的北风里、黄昏滚滚的江水中。

他想起爸爸说过，当年爷爷遇到不开心的事情，就去游水，一口气游过西江再游回来。此时此刻，小河感觉自己好像理解爷爷当时被人冤屈、被人伤害的心情了。于是，他也像爷爷当年一样，从宽阔的西江边一口气游到对岸，再游回来。是啊，他想爷爷了，想爸爸了，他多想就这样一直游下去，从荷塘游到大江可以的话甚至一直游向远方的深海，就像每条小河的梦想都是流入大海一样，小河也想一直游到海水变蓝……

小雨怕小河想不开，叫上爷爷来找他。可是到了小河家门口，发现一盏灯都没亮。小雨不禁担忧起来，急得团团转。她望向爷爷，却看见他双手交叉在背后，气定神闲地踱着步。

“不用急，小河很快就会回来的。”古师父看了看荷塘的方向说道。

小雨看着爷爷那胸有成竹又波澜不惊的神情，渐渐也平静下来。爷孙俩就坐在小河家门前那棵长有大树洞的龙眼树下，静静地等着。小雨抬头望向浩瀚的夜空，发现几颗星星已露出脸来，对着自己调皮地眨着眼睛。她突然觉得小河很可怜，也许，他的爸爸就是此刻天上最亮的那颗星星吧，他也会像我和爷爷一样在找小河吗？——不，他一定能看见小河去了哪里，并且不论他去哪里，都会默默地照耀他、保佑他、帮助他。因为小河是最善良、最坚强，也是最懂事的孩子。

一艘熟悉的小木船，载着满天星光和一个翩翩少年缓缓驶了过来。啊，是小河！小雨高兴地跳了起来。小河上了岸，看到师父和小雨，“我……我去游泳了……”他低着头断断续续地说，脸都变红了。古师父摸了摸他的头说：“小河，好些了吗？”

“心情好多了，”小河说，“游完泳回来，感觉全身都舒畅了不少。”

“小河，每个人都会有第一次。第一次比赛失败，这很正常。人生总有几场失败的仗，更何况是第一场？我年轻的时候，第一次跟别人比武，对方比我高半个头，我也是三几下功夫就输了。”古师父语重心长地说，声音里充满了关切，“还记得我跟你讲过的咏春之道是什么吗？”

“咏春之道？”小河喃喃自语。

“自强不息与自强不争。”小河想了想说。

“自强不息”“自强不争”这几个字刚脱口而出，小河马上意识到自己仿佛悟到了一些什么东西。是啊，一方面我们要通过不断的努力实现自我强大；另一方面，也意味着真正强大的人，是不争的。

古师父看到小河恍然大悟的样子，知道他已经懂得了这个咏春最重要的道理，于是点拨道：“小河，你答得非常正确，自强、不息、不争，这既是我们咏春武者的咏春拳法，也是我们的咏春心法。”

“我明白了，我明天继续练拳去，谢谢师父。”小河向师父作揖道谢。

古师父赶紧扶起小河，对他说："起来起来。对了，小河，今晚师父家还没做饭，来来来，让师父试一下徒弟做菜的手艺。"

"爷爷最喜欢吃番茄炒鸡蛋了，小河你今晚就做这道菜吧。"

小河听完就乐了，这可是自己的拿手好菜呀，他和小雨如同两只欢快的小鸟一样，叽叽喳喳地跑进厨房。

这年的春节，小河是在古师父家过的。

小雨在香港工作的爸爸妈妈也回家过年了，他俩除夕前一天才回到古劳镇。

那是一个下着毛毛细雨的黄昏，在村头的石板桥上，小河碰见拎着大包小包的小雨父母。小河在小雨家里见过他俩的合照，马上就认出来了，连忙走上前去打招呼。小雨父母长期在外工作，很少回家，不认识隔了几条村的小河。小河主动帮小雨妈妈拿行李包，当她得知眼前这个颇有礼貌的少年，就是小雨在电话里经常谈起的小河时，向他投出赞许的目光。

回到小雨家，小河的头发有些湿了，古师父正在院子里等小河练拳，小雨则在厨房忙着。小雨爸爸问小河家里的情况，小河一五一十地说了出来。“今年就在我们家过年吧。”小雨妈妈对小河说。听到这句话，小河眼里的泪水终于忍不住了，簌簌地往下掉。这是第一次不能和父母一起过年，一种深深的孤独感和被抛弃感油然而生，猝不及防地袭击着小河脆弱的心房。小雨走了过来，递了一张纸巾给他，说：“是啊，小河，明天除夕就在我们家吃团年饭吧。”小河接过纸巾擦了擦眼泪，感激地点点头。

除夕那天早上，下了整整一天一夜的细雨终于停了。小河熬了鸡汤，赶到医院看望妈妈。妈妈的精神状态比之前好些了，可是病房里只有她和一个陪护阿姨，隔壁床几个病友全都回家过年了。几天前医生在电话里跟小河说过，妈妈的病比其他人要重一些，还不能申请临时回家过年。妈妈见了小河，脸上的神色明显好转了一些，目光也没有之前那么呆滞了。她喝着小河煲的鸡汤，示意他也喝一点。小河摇摇头，说自己在家已经喝过了。他看着妈妈喝得津津有味的样子，心里很是宽慰。他告诉妈妈，今晚他在小雨家吃年夜饭，就是他们的女班长、校运会偷偷帮自己报名参加长跑比赛的那个同学。妈妈听了，一副若有所思的神情，不知道她是记起来了还是对小雨没有印象。小河在妈妈病床前坐了好久，陪妈妈说了好多话，尽管很多时候，妈妈都是一副对很多事物想不起来的样子。探病时间该结束了，护士过来催小河离开。小河想了想，便去医生的办公室找主治医生了解妈妈的康复情况。医生说，妈妈的情况比入院前有所好转，但由于是重度抑郁症，估计恢复还需要比较长的时间，并且妈妈最近好像对以前某些时间段发生的事情有遗忘的迹象，春节后，医院计划实施最新疗法。小河听了，又一次潸然泪下。

除夕之夜，吃完团年饭后，小河和小雨一起走到屋外散步。夜空中，挂着一弯清月，淡淡的月光轻纱般笼罩着村前的泥沙小路，就像刚刚下过一场薄薄的雪。不知为什么，平时大大咧咧的小雨，今天晚上特别安静，她一路沉默不语，也不看小河，只是慢慢地走着。到了村头的细叶榕下，小雨停了下来，轻轻地抚摸着老榕树胡须般随风轻飘的气根，就像在梳理自己的长发。她说：“小河，我过完年就要跟爸爸妈妈去香港了。”小河一惊，他之前从没听小雨提过这事。他看见小雨圆圆的脸上，泛起一丝淡淡的忧伤。

“是去香港玩，还是读书或者定居？”小河掩饰着心里的忐忑，用假装不在乎的语气问道。其实答案不言而喻，他自己心里也感知得到。

“先转到香港的中学读书……之后就正式定居。小河，你知道的，我的偶像是建筑设计才女林徽因。我的梦想除了咏春，还有建筑设计，我希望将来能考上香港大学建筑学院规划与设计系研究生……”小雨的声音很轻很轻。

“什么时候出发？”

“等年初二开完年，”小雨说，“最快年初三早上就出发，爸爸妈妈在那边的生意很忙。”

这时候，乍暖还寒的空气突然变得安静下来，仿佛弥漫着一股朦朦胧胧的离愁别绪。小河低下头，看着这条走了半年多的村路。他知道，这将是自己人生中第一次与好朋友离别。

“送给你。”小雨拿出一个小本子，递给小河。

小河捧在手中端详着，这是一个浅蓝色封面的日记本，那抹蓝就像他一直向往的大海，是他最喜欢的颜色。他翻开本子，闻到一股淡淡的茉莉花香，就像家门口咏湖的荷花那样沁人心脾。

“你一个人在家，没事就写写日记，写写诗吧。你要加油哦。”小雨说。她知道小河喜欢文学，喜欢诗歌，就特意挑了一个好看的日记本送给他。

“谢谢你，小雨。”

小河说完，抬头望向夜空，不知什么时候，弯弯的月牙已经皎洁如明镜了。

第七章

香港见

大年初三早上，小河送小雨出发。

走到村头的石板桥时，小河感到双脚如灌了铅，步伐异常沉重。

“小河，今年暑假，香港见！”小雨凝望着他，眼神里充满了深深的鼓励和殷切的期望。

“香港见！”小河沉默了片刻说道，就像许下一个承诺，立下一句誓言。他深深地明白小雨说的这三个字的背后的含义，他的心中仿佛生出一股飓风般的强大动力——好好准备今年夏天在香港举行的世界咏春邀请赛，争取拿到参赛入场券！

“送给你。”小河把一条五彩绳轻轻地放在小雨掌心。小雨爱不释手地拿着看了又看，然后直接戴在右手手腕上，轻轻地转动着，仿佛在转动着一道幸运彩虹。

小雨的离开，让本来就孤零零的小河倍感孤独。他回到古师父平日训练的院子里，对着木人桩疯狂地打起来，起掌，出拳，上腿……每一掌、每一拳、每一脚都拼尽全力。木人桩发出从未有过的巨响，古师父循声走出客厅，看到了像一头受伤狮子一样的小河。这时候，雨，又下了起来。古师父就这样静静地看着，他不想打扰这一刻满怀情绪的小河，因为人生就是这样，有些路，总得自己走，也总得自己一个人走下去，才会慢慢长大。

“为什么，为什么呀？！”小河仰天大喊，他的脸上有水珠流淌而下，不知是雨水，还是泪水。

雨渐渐停了。小河走进客厅，看见师父正拿着一条毛巾等着自己。

经历过情绪释放的小河，这时候内心渐渐平复下来。

对于小雨，他心里确实不舍。这半年，多亏了小雨的关心和帮助，要不是她，自己不会参加长跑比赛，不会学习咏春，更不会由害羞变得大方，由忧郁内向变得乐观开朗，也不会由胆小懦弱变得勇敢坚强。

“为什么学咏春？”每当独自一个人的时候，每当遇到想不开的事情时，小河总是一遍又一遍地问自己，而其实每一次，答案都是一样的。

他带着对小雨的深深感激，也带着小雨对自己“香港见”的默默期待，更带着“带妈妈去香港”的承诺，带着“让妈妈骄傲”的心愿，带着守护和传承咏春的梦想，带着让自己自强的信念，重新投入了更加艰苦的咏春逐梦之旅中。

春节过后，小河找到古师父，主动要求增加训练的时长和强度。古师父对他说：“还记得那天在荷塘的小船上练拳吗？生活中‘处处是咏春，时时皆可练’。”小河豁然开朗。

古师父接着说：“练拳不练功，到老一场空；练功不练气，犹如玩游戏。”他刚说完就从墙角抄起一把铁铲，他运用手部的爆发力，一下子就铲起一大铲泥土，速度比常人至少快一倍。随后古师父点燃一支纸烟，悠然地吸着。他让小河拿来两块厚厚的青砖，叠在一起放在平地上。只见古师父轻轻来回甩动右手手腕，他一掌突然以迅雷不及掩耳之势劈下，只听“啪”的一声，两块实心青砖瞬间断裂开来。

“哇——”小河一阵惊叹，简直不敢相信自己的眼睛，他由衷地赞叹和佩服师父的绝世咏春功夫。另一方面，他又担心师父的手会不会伤了、会不会疼。可古师父只是轻轻地甩了甩手腕，拿起那支还没有燃尽的纸烟继续静静地吸着，就像什么事都没有发生过一样。

“小河，这就是咏春内养功。练咏春除了练拳，还要练气和练功。偏身咏春有‘一拳二棍三刀’，日后等你学拳有所成，还有兵器如八斩刀、六点半棍等要练，学咏春是无止境的，要终身学习，终身修炼。”古师父踩灭烟头，神色庄重地对小河说。

小河看着古师父长满老茧的手掌，发现那手掌比一般人的大差不多一倍。小河曾经摸过师父的手，十分柔软，但运起气来却坚硬如铁。

师父举起手掌对小河说：“咏春拳练到家时，五只手指可以当剑使，手背可以断砖，手掌可以当刀，手心可以断树，手指可以点穴，一双手挥洒自如，随心所欲。”

小河惊叹不已。

“其实每天在劳动中也能练功。”古师父最后又补充了一句。

就这样，在这个微凉的清晨，古师父开始将自己毕生的武学精华——咏春内养功传授给小河。

几天之后，小河将头发剪短了，理成一个更显精神的小平头。他重新振作起来，更加刻苦地投入魔鬼特训，在十三岁这个冬天，小河开启了一场孤独、单调、艰辛又漫长的咏春潜心修习之旅。他见过每一天凌晨四点半的朝霞与花开，听过每一天凌晨五点半的林中鸟鸣与河中涛声。在梦想的召唤之下，凭着过人的天分和常人难以想象的艰苦训练，这个武术天才少年，在古师父精心的教导下彻底开了窍。这段时间，他的咏春拳术突飞猛进，咏春心法也有所增益，并且连古师父自成一格的私房秘技咏春内养功也略有所成。整个冬天，小河就像家里荷塘水下的藕一样，暗自蛰伏，积储能量，默默等待着春风临近的脚步。

在某些训练的间隙，小河与古师父谈起自己的心事，家里的传家之宝——咏春秘籍《咏春妙手》至今不知所终，这令他多少有些忧伤。同时，又令他无比惋惜：要是自己能按照祖传秘籍练习，咏春功力肯定能突飞猛进。

古师父似乎看透了小河的心思。他对小河说，以前听说过小河曾祖父这本秘籍，的确是所有咏春武者梦寐以求的，所以他估计很可能是被练咏春的人偷走的，或者被财迷心窍的人盗走的。

他安慰小河："别担心，师父和你一起找，相信终有一天，我们会找回秘籍的。"

古师父继续说道："你的曾祖父任鸿是梁赞师祖的徒弟，虽然现在秘籍还没找到，但是我们不能停下来，可以先按照梁赞师祖的咏春心得练习。"

他边说边拿出一个发黄的册子，翻开第一页，小河看到上面用毛笔小楷字端端正正地写着梁赞先生对弟子的告诫：

大凡习技击，悟透此因由：正歪劲在处，对镜与桩求；劲随知觉转，眼向前方窥；心明身手正，法明正中为；化拆寻对手，有师更需求；无师无对手，假作敌当前；

此乃其中窍，在手灵通变；加诸勤锻炼，无有不成功。

古师父的心理“按摩”，加上梁赞师祖永不过时的指导，使小河顿时觉得身心轻松如燕。他在师父的指导下，重新专注地打起木人桩。

冬去春来，村头木棉树的叶子快要掉光了，在一场连绵阴雨之后，一夜之间，红彤彤的木棉花缀满枝头，远看仿佛一团燃烧着的红色火烧云。

每次来师父家练拳，小河都会经过村头这棵巨大的百年木棉树。在这春雨绵绵的时节，他一抬头就能感受到这一树似曾相识的鲜艳——不，那是焰火，是热血，是英雄，是青春……而在小河心中，一股自强不息的信念与力量亦潜滋暗长。

此刻，他想起了爸爸说过的，在这棵英雄树下因用咏春救共产党员而壮烈牺牲引来万人为其送别的曾祖父任鸿，想起在这棵树下为保护家传咏春秘籍而献出生命的爷爷任一方，也想起给他讲述家族故事并且倾尽一生却未能写完长篇巨著咏春家史的爸爸任大成……有那么一瞬间，他觉得自己想不明白，到底是什么让他们做出

用一辈子甚至用生命去执着地守护这样的人生选择？

一阵春风吹来，一朵木棉花飘落在小河跟前，他蹲下身子将它轻轻拾起来，小心翼翼地捧在掌心，定定地看着。这一刻，他终于明白了，让曾祖父、让爷爷、让爸爸做出如此选择的一定是守护和传承咏春的信念与梦想。如果信念与梦想有颜色，那一定是木棉花的颜色。

小河豁然开朗，对于“为什么学咏春”这个问题，在不同的阶段自己有太多的答案、太多的想法，譬如为了让自己成为一个英雄侠客；譬如为了让自己成为生活的强者；譬如为了保护妈妈，让妈妈骄傲；譬如为了达成妈妈去香港的心愿，让妈妈笑一回，治愈妈妈的抑郁症；又譬如为了实现与小雨“香港见”的诺言；还譬如……

可是，在这个多雨的春天，站在这棵有着百年历史的木棉树之下，手捧着这朵有着中国红颜色的英雄花，小河终于清晰地听到了自己内心最真实的召唤：“为什么学咏春？”——因为在此，因为热爱，因为执着，因为一个咏春世家学习咏春、守护咏春、传承咏春的咏春梦！

而小河也渐渐明白，这个梦想的实现，需要自己踏踏实实地一步一个脚印走下去。眼下的阶段，首先是要更加刻苦地训练，努力提升自己的咏春功夫，争取三个月之后的夏天，在广东省咏春选拔赛中获胜，从而赢得通往香港世界咏春邀请赛总决赛的入场券。

距离在广州举行的全省咏春选拔赛还有100日那天，小河做了一个详细的“百日攻坚”专项训练计划表。他在一张大白纸上，端端正正地写下了剩下的一百天的日期，并将其贴在古师父院子的一面墙上。每天如果按目标练完，就打上一个勾，如果没有达成目标，就打一个叉，然后再与古师父复盘当天训练情况，探讨需要总结提升的技术细节，晚上回家后接着练习没完成目标的动作，练好为止。

自律就是最大的自由。这是小河这个春天坚持训练获得的最大感悟，也是他不断自我激励的动力源泉。

天气一天比一天热起来，古师父园子里那棵龙眼树上的花全都开了，在风中就像米黄色的雨点落个不停，还引来不少“美裳彩妆”打扮的甲虫“龙眼鸡”，而第一声蝉鸣，也正是在这个时候在小河耳边响彻。

夏天快要到了。小河望了一眼已被他搬到龙眼树干上挂着的“百日攻坚”打卡表，上面几乎画满了木棉花一样颜色的大勾，他数了数最后一行的空格，还剩下七个。也就是说，小河已坚持训练并打卡了整整九十三天，而一个星期之后，万众瞩目的全省咏春选拔赛就要开始了。

第八章 对手

古师父见到小河训练后似乎忐忑不安，便开始想办法给他减压。古师父决定在练习“黐手”时有意无意地与他聊一聊。

“黐手”是咏春与其他武术拳种最大的区别之一。这是咏春特有的训练方式，通过两个人近距离面对面的黐手对拆，锻炼攻防格斗中双手的触觉反应和随机应变能力。咏春武艺只有在与高水平武者的黐手实战、对练中才会得到高效提升。黐手是通往咏春实战的桥梁，也是师徒俩手、心交流提升的绝好途径。

不知为何，这天小河在与师父黐手对练时，有那么一两次分神了，这一切都被目光敏锐的古师父所洞察。

他边练边告诉小河："每个人参加大赛都会有压力，师父年轻的时候打过大大小小几百场比武，每一次赛前也都会紧张，但一定要学会自我调节，特别是要学会以平常心去面对比赛。人生的路还很长，人生的比赛也还有很多很多，尽量放下包袱，轻装上阵，做到'赛前赛中努力争取，赛果顺其自然'就好。"

小河听完，感觉心里舒服多了，似乎师父适时的心理"按摩"总是对自己特别奏效。他闭上双眼，深深地吸了一口气，再长长地、长长地吁了出来。

晚上回到家里，小河背靠床头半躺着，他拿起浅蓝色的日记本，用钢笔沙沙沙地写了一行又一行字。他把今天自己对爸爸的思念、对妈妈的担忧、对小雨的牵挂、对师父的感谢，还有这一天的所感所思，都一一写在了小雨送给他的日记本上。

夜里，小河从梦中醒来——他又梦见爸爸了。他看见爸爸还在写他一直没有写完的家族百年咏春传承史长篇小说。不过，这一次，爸爸在梦中跟小河说话了，他清晰地听见爸爸说："小河，你有空看看爸爸写的《咏春年华》稿件。你要加油哦。"

小河又一次意识到这是自己的预感，他知道，这一定是上天也是爸爸在冥冥中对自己暗示着什么。他干脆从床上爬起来，走到书房，找到爸爸未写完的《咏春年华》，这是他第一次翻开爸爸这部用 A4 纸打印出来的厚厚的书稿。他也不知道为什么，之前这么长时间，他都不敢看，或者说是不忍看这部爸爸未完成的遗作，因为他怕一翻开，就心如刀割而无法自控，也许这就是“近乡情更怯”的感觉吧。只是这一刻，当他在梦中受到爸爸的指引后，他决定勇敢地直面这一切。

当小河用颤抖的双手小心翼翼地打开《咏春年华》，翻到扉页时，瞬间泪如泉涌，浑身战栗而不能自已。他看到在扉页上，亲爱的爸爸这样写道：“谨以此书，献给我的小小太阳——亲爱的咏春少年任小河。”

啊，原来爸爸相信我总有一天会学咏春，总有一天会接过曾祖父的衣钵，接过爷爷和爸爸的班，学习咏春，守护咏春，传承咏春，实现家族未竟的咏春之梦……

小河的眼泪扑簌簌地滚落下来，滴落在他发抖的手掌上，也落在爸爸的遗稿上，一颗又一颗，直至模糊了纸上的字迹。

小河赶紧用手背擦干泪水，继续翻下去。

虽然爸爸的《咏春年华》只写了计划的四分之一不到，但在爸爸倾注毕生心血的这部遗稿里，他读到了曾祖父、爷爷和爸爸这三代人一生的故事，而串联起这三代人故事的主题，正是“咏春”。

爸爸在书稿中说，作为一个诗人，一个作家，他非常喜欢“咏春”二字，因为这两个简单的方块汉字所组成的这个词具有双重含义，既有现实意义上的“咏春”——“咏春拳”之“咏春”，也有诗词意义上的“咏春”——“歌咏春天”之“咏春”。爸爸还写道，小河爷爷虽然未能研习咏春，但他一生埋首钻研书法，书法和咏春在某种意义上也是相通的。爸爸通过对小河曾祖父所著的咏春秘籍《咏春妙手》的保藏和研究，发现“咏春”的“咏”字右边“永”字的点、横折钩、横钩、撇、捺，其实暗藏着小河曾祖父《咏春妙手》中所述的咏春拳之拳理、招式与心法。

那个无眠之夜，小河书房的灯一直亮着，温暖如水的灯光，让小河沉浸在历史、现在与未来所交织的时空之海，他仿佛驾驶着一艘由曾祖父、爷爷和爸爸所建造的潜水艇，在咏春的海洋里好奇、自由地穿梭。小河幸福地流连着，直到光芒万丈的霞光，穿越无边的黑暗，扑满书房的玻璃窗……

六月快结束的时候，小河迎来了初二下学期的期末考。初一的时候，小河的学习成绩不算好，在班里算中等水平。初二遇见全年级成绩第一名的学霸班长古小雨后，在她的帮助和激励之下，小河的成绩不断进步，第一学期期末考试他进入班级前十名，让班主任许老师和全班同学都惊叹不已。虽然小雨转学到了香港念书，但她和小河每月仍保持着书信联系。有时候，喜欢文学的小河，偶尔还会在信里夹上自己写的一两首小诗，而写诗的信笺正是小雨送给他的浅蓝色日记本上带着茉莉花香的纸页。他俩互相鼓励，共同进步。小河在艰苦的咏春训练之余，也更加自觉、专注和高效学习课本知识，而修习咏春，也让小河更加自信与自强，所以他的学习成绩一直都没落下。他答应小雨，期末考要考进班级前五名，小雨说，她相信他一定可以的。这一次，他终于做到了。拿到成绩单那天，小河迫不及待地给小雨写信，感谢她的鼓励，也告诉她，全省咏春选拔赛过两天就要开始了，他一定会全力以赴。在信的最后，小河郑重地写下了三个字“香港见”。

广东省咏春选拔赛如期举行，省内各地的咏春拳好手跃跃欲试，他们带着不同的梦想，走上了同一个擂台。小河参加的是少年组的比赛。这个组别简直可以说藏龙卧虎，既有上届冠军刘风坐镇，也有各路后起之秀竞相登台。

小河在小组赛中一路打下来，发挥还算正常，顺利进入了淘汰赛。

一路凯歌高奏的小河，吸引了台下评委和现场观众的关注，在所有人的惊讶声中，他像一匹黑马，过五关斩六将，最后竟然杀进了半决赛。这让台下所有人都大跌眼镜，但没有人认为他下一场会赢，因为他的对手是鼎鼎大名的刘风——上届冠军、本届赛事1号种子选手。刘风来自佛山，叶问系正身咏春拳正宗打法。

刘风果然名不虚传，开场不久小河就明显落于下风，但他以守为攻，死死扛到了决胜局。要不是最后时刻刘风求胜心切出现失误而被小河击倒，小河绝不可能惊险闯进最后的冠军之战。

走上全省咏春选拔赛冠军争霸战的擂台之前，所有人都不会想到，本届赛事 2 号种子选手区九最后的对手竟然是任小河。这个结果，就连区九自己也没想到。

他俩来自同一个小镇，就读同一所学校，区九比小河大一岁，高一个年级。不同的是，区九爸爸是咏春高手区富，区九从小就跟着他练武，功夫在同龄少年中算是数一数二的。

而小河，名不见经传，只是一个刚学咏春还不到一年的毛头小子。

小河刚才与刘风交手后，已累得不成样子，他感到自己的身体就像被掏空了一样。这场比赛几乎耗尽了他全部体力，右手起初还能感觉到火辣辣的痛，可现在好像完全失去知觉一般。

“小河，平常心，平常心……”古师父一边用娴熟的手法为小河按揉双手一边对他说。

这是每次上场比赛前古师父都会对他说的话，不知为什么，师父的话就像一阵温柔的春风，轻拂过小河的心田，使他慢慢平静下来。

可是，当听到组委会广播说总决赛的对手是同镇的区九时，小河的心再也无法平静了。古师父一边用白毛巾为他擦去脸上的汗珠，一边心疼地看着他被打得红肿的右耳。小河这才想起，刚才刘风最后那一拳实在太猛了，隔着头盔都能被震伤。

小河摸了摸钻心般痛的耳朵，想到总决赛的对手是区九，内心五味杂陈，各种复杂的情绪汇聚在一起，使他突然有点头脑空白。他开始按照师父教的方法，深呼吸，专注于当下。还好，过了不久，离正式开赛还有二十分钟的时候，他终于慢慢平静下来。

此时的小河，终于知道自己接下来该干什么了。是的，谁都可以输，就是不能输给可恶的区九！他不会忘记，在放学路上的老榕树下，是谁在校园霸凌一个手无缚鸡之力的少年；他不会忘记，那个秋雨潇潇的黄昏，是谁在嘲笑一个孤独又忧伤的少年，说他是没爹的孤儿仔；他也不会忘记，是谁在自己第一次参加正式比赛时赢了他还嘲笑他；他更不会忘记，自己为什么学咏春，为什么走到今天，又是为什么站在此刻的擂台上……

“虽然牌面上我不是区九的对手，但无论如何，这最后一战我都要拼尽全力，这是一场必须要拿下的决战。一个人可以被毁灭，但绝对不可以被打败；有信心不一定能赢，但没有信心一定会输！我要相信自己，为梦想而战，为爸爸而战，为自己而战！只要赢了这一场，就意味着拿到香港总决赛的入场券，意味着可以带妈妈去香港，意味着可以实现与小雨香港见的诺言，更意味着自己距离咏春梦想的达成又前进了一大步。那么，最后的对手，尽管放马过来，我不会再犹豫，不会再胆怯！开始战斗吧，咏春少年！”

小河越想越兴奋，他士气昂扬，俨然一个即将奔赴沙场的无畏战士，他感到自己的胸口无比炽热，仿佛一团永不熄灭的旺火，在大决战之前喷薄而出，熊熊燃烧。

全省选拔赛最后一战终于打响了。站在擂台上，区九对小河说：“手下败将！”小河正视着他充满鄙夷和轻视的眼神，一句话也没说，只是抿住嘴巴，暗暗握紧拳头，他仿佛听见，自己的手指关节，在咯咯响。

裁判长一声令下，区九迫不及待地发起猛烈进攻。

他的拳风依然老辣狠毒，比起半年前小河与他第一次交手时，可以说是有过之而无不及。区九学咏春多年，他的师父是他的父亲区富——一个因武德不端而被古师父逐出师门的人。果然有其父必有其子，区九每一招每一式都咄咄逼人，杀气毕露。对于这些，小河半年前就领教过了，所以他这次是有备而来。今日站在这个决战擂台上的他，早已不是半年前那个刚接触咏春的初学者了。

区九出拳狡猾奸诈，声东击西；小河沉着应战，左躲右闪。两人在台上你来我往，斗得难分难解。

咏春拳对抗赛历来都是咏春比赛中最精彩最受欢迎的项目，所有的灯光和目光都聚焦在场馆中心“5米×5米”的四方擂台上。高手过招，紧张刺激，这一次也不例外，台下座无虚席，观众都在疯狂地为自己支持的选手使劲呐喊助威，现场众声喧哗，气氛热烈，使人血脉偾张。

总决赛和之前预选赛的赛事规则一样，每场比赛打3局，每局打2分钟，中场休息1分钟。其实决战的总时间还不到十分钟，但这高强度对抗的十分钟，足以让场上拳手感觉像十年那么漫长。

站在终极之战擂台上的每一分、每一秒，小河精神都高度集中，因为他知道，稍有不慎就会前功尽弃，甚至一败涂地。他一直专注地观察着眼前这个凶神恶煞、斗红了眼的对手，观察着他每一个眼神、站姿、步伐、手臂、拳掌、腿脚，伺机发动反击。

日字冲拳、蝶掌、摊手、拂手、�手、拦手、拍手、伏手、攋手、枕手、膀手、直撑腿……各种经典咏春招式和手法层出不穷，精彩纷呈。小河和区九都使出了浑身解数，双方为唯一一张香港总决赛入场券“决一死战”。

现场观众大呼过瘾，很久没有见过这样实力相当的、高水平的咏春对抗了。

第一局两人各有得分，双方6:6打平。

第二局两人还是各有得分，谁也没能把对方击倒，双方5:5打平。

决胜局，小河先是被区九连续偷袭得手——区九使用了一个隐蔽的接近犯规边缘的起腿动作，小河踉跄一下，差一点跌倒在地。0:3，小河落后，形势对小河非常不利。不过很快，小河冷静了下来，就在这时，脑海灵光一闪，他突然想起爸爸在《咏春年华》遗稿中的一句话：咏春最大的功力，是以柔克刚，借力打力。小河立刻稳住身体，就在区九一个重拳击来时，小河抓准时机，一次连续使用咏春拳4个组合技法以快制快——整套动作虎虎生风，如行云流水——一眨眼工夫，就见区九“啊”的一声被打倒在地。3:3！在比赛剩下最后30秒的时候，双方又一次战平。

这时候，现场彻底沸腾了，所有观众都站了起来，疯狂地叫着、跳着、手臂挥动着，而支持小河的粉丝，还沉浸在刚才小河那潇洒自如又精彩绝伦的组合拳技法中。在一些老咏春拳迷的印象中，这是第一次在少年组赛场上见到如此优雅、如此帅气的咏春组合拳法，小河那一气呵成的超高难度咏春招式，令今晚现场无论是支持区九的还是支持小河的人都回味无穷。

而他们根本没有留意到，在那一刻，小河的鼻子已经流出了血。鲜红的血，滴落在小河的手掌上，小河瞥到的时候，比赛还剩下最后20秒。他强忍着，吃力地咽了咽口水。他觉得这20秒，也许是他人生中最漫长的 20 秒，好像有一个世纪那么长。有那么一瞬间，他想放弃了，生理极限让他盼望着躺倒下去，但很快，他的意志战胜了身体，“一定要坚持住！一定要坚持到底！”想起自己的梦想，小河在心里暗暗地为自己打气。

最后十秒，双方如咏春黐手动作一样，缠斗在一起，裁判不得不把两人分开，重新开始比赛。

5，4，3，2，1！裁判鸣锣，比赛时间到了。

场上比分，竟然还是 3:3！

比赛结束的锣声一过，小河就倒了下去。大赛组委会工作人员、医务人员、裁判全都冲了过来。古师父也迈着年老的双腿，赶紧向擂台上走去……

小河醒过来时，正躺在医院的病床上。

他睁开双眼，看到了一脸担忧的古师父。古师父见小河终于苏醒了，心里悬着的一块巨石终于放了下来。

师父从怀里掏出一张券，满脸喜色地在小河面前扬了又扬。当小河看见上面印着“第二届世界咏春邀请赛香港总决赛参赛运动员入场券”时，他终于笑了，晶莹的泪水夺眶而出，那是喜极而泣的泪水，也是梦想成真的泪水。

是的，这世上的路，没有一条是容易走的。每一段路，或多或少，都是一个人心灵成长的旅程。只有心怀梦想、不忘初心的人，才能坚持一直走下去，才能永远在路上，才能永远热爱生活，永远热泪盈眶。

师父告诉小河，他参加的对抗赛是55公斤组别，而区九比小河高大，全身长满“蛮横”的肌肉，理应是60公斤组别的，可是为了稳操胜券，他父亲区富有意避开竞争更加激烈的60公斤组别，比赛前刻意让区九控制食量减重。区九赛前体重是54.9公斤，所以他得以参加小河所在的55公斤组别的比赛。不过，真可谓聪明反被聪明误，机关算尽也枉然，谁也没有想到，区九决赛的对手竟然是身材瘦弱的小河，更没有想到的是，小河瘦小的身材此刻却成为他最大的优势。小河赛前体重只有50.9公斤，比区九足足轻了4公斤，而根据比赛规则，决胜局如果双方打成平局，就判定体重轻者为胜方……

第二天早上，小河拿着香港总决赛入场券去精神专科医院看妈妈。一路上，他蹦蹦跳跳的就像一只小鸟一样欢快。

小河对妈妈说，因为拿到这张入场券，所以他下个月就可以带妈妈去香港了。妈妈听到这句话的时候，紧锁了将近半年的眉头，终于放松了些。小河看到，妈妈的脸上，似乎出现了一个隐隐约约的笑容，尽管这个笑容让人难以察觉。小河觉得，妈妈微笑时的眼睛最美，就连眼角的鱼尾纹，也是世界上最美的皱纹。他一直记得半年前妈妈的主治医生吴大夫对他说的一句话：抑郁症病人很多时候都不会真心地笑出来，如果能让他们发

自内心地笑一笑，也许症状就会缓解很多。

小河从妈妈的眼睛里看到了信心和希望。他告诉妈妈，要更加主动配合医生的治疗，争取下个月能申请临时出院，跟自己去香港找她的表妹。

古师父在陪小河去广州参加全省选拔赛前，八十多年来一直没有走出过鹤山古劳镇，那次是他第一次远离家乡。而这一次香港总决赛，他年纪太大了，不方便前往，只能靠小河自己照顾自己了。广东省咏春协会的梁教练负责带队去香港参赛，小河带着妈妈到了广州东站，便与梁教练会合，随后坐上了前往香港红磡的广九直通车。

这是小河第一次坐直达特快列车，车窗外所有的一切，都令他感觉既好奇又新鲜。而坐在身旁的妈妈，不知什么时候，已在座位上睡着了。经过积极的治疗后，两周前妈妈的病情已缓解不少，所以这一次，经过主治医生吴大夫特批，她获准外出陪小河一起去香港参加比赛。

列车开出不久，妈妈发出轻微的鼾声。小河转过头看着熟睡的妈妈，他记起来，早上吃完早餐后，妈妈按照医生的叮嘱，按时吃了药，每次妈妈吃这种药后，就会很困，很快就会打瞌睡。列车的空调有点凉，小河从妈妈半年前就收拾好的旅行袋里，拿出一件红色的长袖格仔衬衣，轻轻地盖在妈妈身上。“妈妈，你一定要坚强，一定要战胜病魔，战胜心魔呀。”小河望着妈妈喃喃自语。

翌日清晨，就在小河准备从酒店出发前往比赛场馆时，妈妈突然说头有些晕。妈妈吃药必须定时定量，小河检查了妈妈的药瓶后，才发现原来妈妈昨天晚上吃错药了。医生给妈妈开了两种药，一种白天吃，一种夜里睡觉前吃，可是妈妈昨晚吃的是本该白天吃的药。

小河只好安顿好妈妈，让她留在房间里休息。他想起妈妈说过，她在香港有个表妹，他从妈妈随身带着的电话本子里找到电话号码。可是，当他拨打过去后，电话里却传来“您所拨打的电话已停机”的提示音。

他想到了小雨，于是连忙拨通她家的电话，小雨回话说：“小河，你别担心，我妈认识一位私人诊所的医生，我叫妈妈现在就找他过来看阿姨。”

梁教练在一旁催小河快点出发，因为马上就要迟到了。究竟是留下来陪身体不舒服的妈妈，还是去参加咏春比赛实现梦想？小河感觉自己又一次站在人生的岔路口。妈妈似乎看透了小河的心思，对他说：“小河，我没事的，你放心去比赛吧，妈妈在酒店等你的好消息。”

小河边担忧地看着妈妈，边迟疑地离开房间。他和梁教练坐上了前往赛场的大巴，小河的心情又一次复杂起来。希望是好事多磨吧，一路上他一遍遍地安慰自己。学习咏春这一年来，小河感到，除了武艺上的日益长进外，自己的性格也在潜移默化中发生了一点点变化：那就是遇到突发事件时，不再慌张，也不再像以前那么悲观了，以前他总是喜欢唉声叹气，如今至少学会了自嘲，学会了自我安慰。特别是经过去年与小雨一起学习和练拳的那半年时间后，小河像完完全全换了一个人，实实在在地从一个内向害羞、胆小又忧郁的文弱小男孩，变成了一个开朗大方、勇敢乐观又阳刚的咏春少年郎。

一路上，小河想了很多很多，不过，他很快就想通了：要像古师父说的那样，以平常心去参赛，争取发挥出水平，圆家族一个咏春梦。

是的，在小河心中，对于咏春，热爱就是所有的理由和答案，梦想就是全部的动力与源泉。

这次“第二届世界咏春邀请赛”盛况空前，吸引了来自世界各地近千名咏春拳职业选手和爱好者参加。本届组委会在首届赛事成功举办的基础上，为向全球青少年传播中国传统非遗咏春文化，还特别增设了少年组比赛。香港的电视台对赛事进行滚动新闻报道，对部分重点项目进行转播，并且还计划通过卫星电视全程现场直播咏春对抗赛项目的总决赛。

和一个月前广东省选拔赛的历程出奇地相似，小河一路过关斩将，所向披靡，最后顺利从小组赛出线。在淘汰赛惊险连胜 3 名强手后，小河终于如愿站上了终极决战的巅峰擂台，而他的对手，是一个日本少年。

小河已经无所畏惧了，如今已经没有任何人、任何东西，能将此刻的他打败。他觉得此时的自己，就是一名战士，视死如归，勇往直前，奋战到底。他想起一句很喜欢的唐诗：“黄沙百战穿金甲，不破楼兰终不还。”

小河暗暗攥紧了拳头。

是的，“风萧萧兮易水寒，壮士一去兮不复还”，小河目光坚定，神情坚毅地走上冠军争夺战的擂台。他望向擂台对面的对手，却看到了一个比自己更瘦弱，脸色似乎还带点苍白的少年。

第一回合两人打得难解难分，战况异常激烈，日本少年拳法奇特，小河很不适应。好几次，他差点被击中，台下的观众随即发出海浪般的尖叫声。

小河向台下看去，却发现自己的队伍——写着“中国广东鹤山古劳偏身咏春拳代表队”名称的座席上，何其冷清，只有梁教练孤零零一个人。妈妈不在旁边，此时她应当还在酒店的房间里休息，也不知身体是否已好转；小雨也不在旁边，不知道她是否临时遇到了什么突发的事情……

小河一个走神，被日本少年一拳击倒了。第一局，5:6，日本少年险胜。

第二局马上就要开始了。梁教练一边给小河按摩，一边提醒他需要注意的技术细节。就在这时候，小雨如一阵风般出现在小河面前，只见她满头大汗，脸蛋红彤彤的，就像熟透的苹果。小河知道，她一定是拼命奔跑过来的。

“我先和妈妈去了你妈妈那里才赶过来，医生给吴阿姨看过病了，她没事，休息一下就会好起来。”小雨双手叉腰，气喘吁吁地说。

听到妈妈没事的消息，小雨也终于来到了现场支持自己，小河感到如释重负，他决定全身心投入即将开始的关键局比赛当中。

提醒选手上场的铃声响了，小雨好像突然记起了什么，她飞快地捋下右手的一根五彩绳，戴在小河手上。啊，原来小雨这半年一直戴着它。

“希望幸运绳把你带给我的幸运，也带给你。”小雨望着小河说道。

小河抚摸着五彩绳，用力地点点头，又点点头，然后大步走向擂台。

第二局开始了，小河听见观众席上小雨的助威呐喊声，感受她鼓励的目光，特别是她给自己戴上的幸运五彩绳，他重燃斗志，奋勇作战。他发现日本少年的拳法实在见所未见，他想起师父说过，咏春不单单是拳法，还是气法、功法和心法，他运用师父教授给自己的秘技——咏春内养功，在最后一刻，把日本少年击倒在地。6:5，小河终于扳回了一局。

两人又重新回到了同一起跑线。令人心潮澎湃的决胜局终于到了，开始阶段日本少年改变战术，小河得分稍稍落后。之后一直相持，难分高下，比分一直是 4:5，小河还落后一分。直到比赛还剩最后 10 秒的时候，他终于发现日本少年一个破绽，只要一拳过去完成最后一击，对手就会倒地，小河就能比分反超而赢得比赛。可是就在此时，他却突然发现眼前这个日本咏春少年出现异样，眼神变得涣散无光，身子摇晃，好像失去知觉似的，这时假如小河再打一拳下去，对方的身体可能会遭受致命的创伤……

在这千钧一发之际，小河面临的是人性的抉择，究竟是要赢得冠军实现梦想为国争光，还是发扬友谊第一比赛第二的人道主义精神？那一刻，他突然想起爸爸的话，虽然平时爸爸极少和小河谈起咏春的话题。但有一次，爸爸告诉小河，他曾经记得爷爷在祖传咏春秘籍里批注了一句话：咏春的最高境界是“上善若水，水善利万物而不争”。经过激烈的思想斗争，终于，在日本少年将要后仰倒下之时，小河做出一个惊呆全场，也惊呆电视屏幕前千千万万观众的选择，这也将成为他人生中一个决定性选择——小河张开双手，紧紧地抱住即将倒地的对手，紧紧地……

小河做出惊天一抱的那一刻，他坚信，无论什么时候，一个人最大的对手，就是自己。而他这次比赛，真正的对手，并不是区九，也不是日本少年，而是他自己。小河仿佛看到了一道真正的咏春之光，仿佛听到了一首真正的咏春之歌。他深信，一个人只有勇敢挑战自我和战胜自我，才会获得真正的成长。

第九章 大师

日本少年经过现场紧急救护后，终于恢复了意识。

颁奖环节前，他一见到小河，就立刻冲上去与小河握手和拥抱，随后他还行了一个抱拳礼，“谢谢您，任小河”。他由衷感谢小河刚才赛场上手下留情救了自己。

小河见他身体已没有什么大碍，也终于放下心来。可是，当小河听到纯正的普通话从眼前这个异国少年口中说出来时，感到十分震惊：原来这日本少年会讲中文呀，早知道刚才赛场上就跟他聊几句了。

看到小河一脸不解的样子，日本少年微笑着告诉小河，他来自日本京都咏春拳馆，名字叫小林健一。他在家族的熏陶下，热爱中国传统文化，特别是咏春和唐诗，他从小就练习咏春，并且学习中文，所以认得汉字，也会说一点简单的普通话。从日本出发前，他认真看了大赛组委会发的参赛选手名录和个人介绍电子档，发现其中一名选手——任小河的姓氏“任”和籍贯“鹤山古劳”让他感到似曾相识。后来他向父亲求证，才确认正是之前他在曾祖父小林松石日记里看到的那个姓氏，所以他很早就记住了“任小河”这个名字。他也一直期待着，能在总决赛擂台上与任小河决一高下。或许是自己虔诚的祈祷感动了上天，他在总决赛遇到的对手，竟然就是小河。

当颁奖嘉宾——世界咏春拳协会会长将一条金腰带颁给了小林健一时，他做了一个让所有人都意想不到的动作，他转而将颁给自己的金腰带系在小河腰上。

沉默了片刻，台下突然响起雷鸣般的掌声，还有喝彩声和尖叫声。小河也没想到小林健一会这样做，他百般推辞，但小林健一执意如此，小河不知如何是好。这时候，现场即兴响起一首熟悉的曲子，那是2008年北京奥运会主题曲《我和你》：“我和你，心连心……”

伴随着家喻户晓的美妙旋律，颁奖典礼的主持人大声高呼：“掌声送给我们的咏春少年拳王——任小河！”

“小河！小河！小河！”台下观众突然明白了什么，也一起有节奏地高呼着小河的名字。台下的小雨早已站起来，她高高举起写着“鹤山古劳偏身咏春拳代表队”的红色旗帜，激动得振臂摇旗呐喊。如果说此刻谁叫小河的名字最响亮，那一定是她。

小河的脸红了，他不好意思地低下了头，好像又变成了最初那个腼腆害羞的小小少年。

这时候，小林健一又做了一件更让小河意想不到的事情。

只见他从怀里小心翼翼地拿出一本又黄又旧的册子，他努力控制住自己颤抖的双手，把它郑重地放在小河手上。

“好啦，还给你，小河。”他对小河说。小河发现，他的眼睛里有晶莹的泪光一闪而过。

小河仔细端详着册子，看到封面正中间用隶书写着四个毛笔字：咏春妙手。啊，小河心里一惊，这不就是

我们家的传家之宝——咏春秘籍吗？怎么会在小林健一手上？而此时此刻，他又为什么还给我？

小河百思不得其解，既震惊又疑惑地看着小林健一。

“用你们中国古人的话说，这叫物归原主，完璧归赵，对吗？”小林健一俏皮一笑，表情里又带着一点神秘，“你仔细看一下书名左下角的小字。”

小河认真一看，这才发现这本秘籍与自己家里原先那本有点不一样，多了三个小字“图谱册”！

到底是怎么回事？为什么会有不同名字？关于曾祖父所著的《咏春妙手》，到底还有着怎样扑朔迷离不为人知的故事？

联想到家里咏春秘籍的神秘失踪，至今下落不明，小河不由得更加惊讶和迷惑了。

小林健一转过身，对着赛事直播镜头，虔诚地双手作揖，他眼含泪水，将一个有关一位咏春大师的真实故事，告诉了全世界。

大家好，我叫小林健一，来自日本京都咏春拳馆。我送给任小河的这本古册，其实就是他祖上的传家之宝，小河曾祖父——一代咏春大师任鸿先生凝聚毕生心血所著的咏春秘籍《咏春妙手（图谱册）》。现在物归原主啦。

我的曾祖父小林松石在20世纪30年代，是日本数一数二的空手道高手，他是一位自由派人士，到处找人切磋武功。1939年他随军到中国，经过小河家乡鹤山古劳镇时，日军将领听闻此地流行一种无与伦比的绝妙拳法，名字非常特别，还很有诗意，叫“咏春”。于是，他要求与咏春拳代表人物进行一场公开比武，并且定下规则：如果没有咏春武者参加比武，就处决关押的12名中国共产党员；如果有咏春武者参加比武，并且获胜，就释放这12名共产党员，但倘若日本空手道胜，那么咏春武者就必须发誓此后不得再练咏春。在这危急时刻，小河曾祖父任鸿大师挺身而出，他与我曾祖父之间的决战，难分伯仲，精彩绝伦。

双方大战了近百回合，最终任鸿大师用以柔克刚、出神入化的绝世武功将我曾祖父击倒在地，但他自己也受了内伤，咳血不止。任鸿大师赢得了所有人，包括我曾祖父由衷的尊重和敬佩。12名被关押的共产党员终于被释放，但在随之而来的一场暴雨后，任鸿大师竟然被人下毒暗杀。后来我曾祖父调查还发现，这事是日军将领暗中派人干的。我的曾祖父一生敬畏武术，敬畏武者，他对任大师的离去深感悲痛和惋惜。我在他的日记中看到这样一段话："送别任鸿大师那天，是一个下着春雨的清晨，我也偷偷跟在送行队伍中，向任大师做最后的告别。经过村头一棵大树时，满树鲜血般通红的花朵纷纷而下，落在任大师的灵柩上，仿佛也在向他做最后的告别。后来我才知道，这棵树叫木棉树，这种花叫英雄花，是的，英雄之树，英雄之花，任大师当之无愧！"

回到日本后，我曾祖父整理随军行李时，发现多了一本书，名字叫《咏春妙手（图谱册）》，作者正是任鸿大师。后来他才了解到，这是当年的日军将领安排士兵在任大师家中抢夺走的，并且还自作主张放进我曾祖父的行李箱中。我曾祖父终生对此感到愧疚和自责。从此以后，他不再练武，不再练习空手道，一心放在禅修上，以表达忏悔。他还要求儿孙学习中国咏春拳，希望他们日后有机会到中国与任大师的后人再切磋一回，而最重要的是要归还咏春秘籍。

可惜世事难料，很多事情的发展往往不如人意。直到今年夏天，我看了组委会赛前发的总决赛选手名单及个人简介，留意到任小河的姓氏以及籍贯，才确认小河就是当年将曾祖父打败的咏春大师任鸿师父的后人。

我的爸爸说过，曾祖父小林松石曾经告诉过他，让他永远记住一句话，而这句话正是任鸿大师当年比武后讲给我曾祖父听的：“咏春是一道光，可以带你去很远的地方。”如今，时隔七十多年，我也追逐着这道光，来到了香港，来到了咏春决赛的擂台。而今天，任鸿大师的后人——任小河的表现，让我明白了，光与光的相遇与相融，将会绽放出更加璀璨夺目的光彩……

现场又一次沸腾了。

小河听完小林健一无比真诚而动情的讲述，早已感动得热泪盈眶。而一直悬在心头的疑惑，此刻也被这个远道而来的日本少年解开：原来曾祖父完整的《咏春妙手》秘籍分两册，一册是有图的，叫“图谱册”；另一册只有文字。小河心想：“是的，咏春是一道光，而这道光正是通过一个又一个像师祖梁赞，像曾祖父任鸿，像爷爷任一方，像爸爸任大成，像师父古兆，也像日本少年小林健一他们那样的小小太阳发热发光而产生的。

无论什么时候，无论遇到怎样的困难，我们都要做一个永远追光逐梦的咏春少年！”

在场下观众席，小河竟然发现一个熟悉的面孔——区九，不过他原先标志性的长发不见了，取而代之的是一个精神爽利的小平头。区九主动走过来向小河表示祝贺，他说，看了小河和小林健一的最后一战，方知什么才是真正的咏春之道，也终于明白今后自己应当怎样做人了。认识区九这么多年以来，小河第一次看到他的眼神流露出前所未有的谦卑与真诚，而他的耳朵和脸颊，也微微变红了……

小河妈妈和小雨妈妈在酒店房间的电视直播中，全程目睹了总决赛这感人一幕。小雨妈妈笑着说：“小河终于长大了。”小河妈妈点点头，也终于欣慰地笑了出来。电话那头，自从爸爸走之后的这一年来，在这个奇迹之夏，小河终于听到久违的、妈妈陌生而又熟悉的、银铃般的笑声，他想，这一定是世上最甜、最美、最动听的笑声！

第十章

如水

经过这一次与日本少年小林健一的相遇与相知，小河终于意识到，咏春的真谛并非争输赢，也并非成为拳王，而是曾祖父所说的咏春那道光。那道咏春之光是爱，是勇气，也是梦想的守护与传承。

而成为人生的强者，也并非单纯意义上拳道与拳术上的“强”，更应是刚柔并济、以柔克刚的“强”。真正的“强”其实平静如水，水是至柔的，却也是至刚的，因为水滴终会石穿。小河永远记得，爷爷在曾祖父咏春秘籍里批注的一句话：咏春的最高境界是“上善若水，水善利万物而不争”。

他突然想到，一代咏春高手李小龙也曾说过同样一句话："Be water, my friend! "就是说，咏春如水，人也要像水一样，利万物而不争。果然英雄所见略同，真正热爱咏春的人，必定懂得咏春的真正内涵与精神之所在。

小河想起，自己家乡鹤山市古劳镇，就是岭南一个原始"水乡"，本身就与"水"密不可分。这里到处皆是湖、河、涌、塘、溪，数不清的大江小河，源远流长，奔腾不息。这一湾水，孕育了一方的地灵人杰，也孕育了古劳偏身咏春这一中华传统武术文化之瑰宝。

而自己的名字、古小雨的名字也都与"水"有关。或许，这一切都是天意吧，小河日夜奔流，生生不息。想到这里的时候，小河不禁莞尔一笑。

是的，在这个即将迈入十四岁的夏天，小河看见了真正的咏春之光，听见了真正的咏春之歌，他终于懂得，真正的咏春之道，是爱、善良与勇气，也是热爱、执着与坚持，更是"自强不息"与如水般的"自强不争"……

尾声

清晨第一班渡轮，离开香港中环天星码头，缓缓驶向长洲岛。朝阳的金光穿过舷窗洒在小河的座位上，映出万道光芒。他刚一坐下，就收到一条微信语音，小河看了看头像，是小雨——小河初中的女班长。小雨今年考上了香港大学建筑学院规划与设计系研究生，她告诉小河，她的梦想是为家乡鹤山古劳规划设计一个咏春文化之城发展蓝图——小河立刻将手机听筒贴近右耳聆听起来。

这个夏天快结束的时候，香港中文大学中文系研究生一年级新生任小河，报名参加了为期一个月的大学生下乡支教实践活动，他选择了香港长洲岛上的锦江小学。

今天是他去报到的日子。

小雨的叮咛，就像一只小蜜蜂，在小河耳际来回飞舞：“岛上留守儿童居多，比较野，得智取。”小河想了想，给小雨发了两个字“放心”，又加上一个咧着嘴笑的表情。

其实出发前他早就想好了，他决心与这班小屁孩斗智斗勇。他这次教的科目是语文课和体育课，他决定将两门课结合起来上，给小朋友们一个惊喜——他计划在课上讲一个咏春主题故事，并且将自己的咏春功夫改编为咏春拳操，将非遗文化咏春传授给香港的孩子们。

小河走到船尾的甲板上，凝望着远方海面上那一抹淡淡的蓝，他好想放声冲天一喊：“爸爸，爸爸，我来啦！”

香港长洲岛的这一片海，对小河有着特殊的意义。十年前，爸爸因病从家乡转到香港的医院治疗，可惜还是不幸过世，当时遵照他的遗愿，在长洲岛附近这片海上举行了海葬。

多少次，小河告诉自己，不能哭。但是，此时此刻，当他凝望着这一片淡蓝之海时，晶莹的泪珠，还是犹如决堤的洪水，漫过他通红的眼眶，奔涌而出。十年的咏春之光，十年的咏春之歌，还有对爸爸十年的绵绵哀思，如同奔驰的飞马，掠过百感交集的小河眼前。

“爸爸，我终于找回曾祖父遗失的咏春秘籍《咏春妙手》了，原来完整的秘籍一共有两册：字诀册和图谱册，配合一起修炼才有效果。图谱册在当年与曾祖父比武的日本空手道高手那里，十年前我和他的后人小林健一比赛完之后，日本少年就归还给了我；而我们家里原本珍藏的那部是字诀册，原来是区九爸爸区富偷走了，到手后却发现这册书是文字版的咏春拳法字诀，并没有图解的拳谱，财迷心窍的他，就把秘籍卖掉了。一直到今年，被区九无意中发现，他说服他爸爸重金回购，并还给了我。我计划春节回乡就把完整的两册《咏春妙手》，捐赠给家乡鹤山古劳的‘梁赞故居纪念馆’收藏展览……”

“爸爸，我学咏春了，就像您在《咏春年华》扉页献词猜到的那样。十年前，我从小雨爷爷古兆师父那里开始学的，现在的功力嘛，还行，已经拿了好几个大赛冠军啦，我还准备对家乡的鹤山古劳偏身咏春文化进行系统梳理研究。今年我已跟咏春拳协会合作，将偏身咏春拳改编为‘咏春拳操’，举办了三十多场‘咏春进校园’活动，我希望将非遗咏春武术文化推广出去，让更多的人知道鹤山古劳咏春，也让更多的中小学生从小练咏春，强身健体，自强不息，传承优秀传统文化。爸爸，我还有一个梦想，就是争取将咱们的鹤山古劳偏身咏春由省级非物质文化遗产升级为国家级非物质文化遗产，甚至申报世界级非物质文化遗产——就像您当年对我的嘱托那样，将家族的咏春梦一直守护下去，传承下去，发扬光大……”

“还有，爸爸，我今年终于考上研究生，考上梦想中的香港中文大学啦！小雨也考上了香港大学建筑学院规划与设计系研究生。我读的是中文系，我准备再努力努力，接过您手中的笔，争取早日把您未完成的遗稿——家族百年咏春传承史长篇小说《咏春年华》三部曲续写完……”

小河对着茫茫的大海，深情地诉说着，他心里有太多太多的话，迫不及待地想跟爸爸分享。有那么一会儿，他仿佛看见，身穿白汗衫的爸爸，正伫立在不远处的一艘渔船上，向自己用力招手。多么熟悉而又陌生的身影呀，小河觉得爸爸比十年前矮了，也消瘦了。

“小河，你真棒！你做得对，要继续加油哦……”小河好像听清楚了，那一定是爸爸的声音。“爸爸——爸爸——”小河发自肺腑的呼喊，恍如浪花里粉红色中华白海豚的豚歌，在清晨八点的海上孤独地回荡，直至消散在淡蓝色的风中。

润湿的海风轻轻掠过小河的脸颊，他又一次回想起多年前那个喜欢荡舟荷塘之上的水乡男孩，那个梦想一直游到海水变蓝的咏春少年。是的，年少时代与爸爸妈妈、古师父还有小雨一起共度的似水流年，连同与咏春有关的所有寻梦时光，都化作了一首岁月的歌，在这惊天动地的涛声中唱响，在这汹涌澎湃的海浪间奔流不息。

他仿佛看到了一道光。

小河教五年A班，第一节是语文课，他自我介绍后，开始给长洲岛上的孩子们讲起了一个关于追光逐梦的故事。这个故事发生在十年前，一位岭南水乡咏春少年，十三岁如水如歌的夏天……

附录：非遗咏春小知识

咏春拳的渊源

相传，咏春拳为明末少林女尼伍枚师太所创。清康熙年间原广东籍女子严咏春及其夫梁博俦避难四川大凉山时，得五枚师太真传；也有传为严咏春依蛇鹤相斗的各种动作创编，再由其夫梁博俦改编而成。两种说法都与严咏春和其夫梁博俦有关，且均取名咏春拳。

严咏春首传技于丈夫梁博俦，其后梁博俦传族亲梁兰桂，梁兰桂传红船中人黄华宝、梁二娣，两人再传技于梁赞先生，其间梁赞先生亦随严咏春学拳，深得其奥，达于化境，声名鹊起。梁赞先生将多种拳术糅合，加以创新改良，首创了正身咏春拳和偏身咏春拳，成为一代咏春宗师。梁赞先生年轻时先在佛山创立了佛山正身咏春拳，传技于陈华顺，陈华顺传于叶问，叶问传于李小龙；后来晚年回故乡鹤山古劳，创立了鹤山古劳偏身咏春拳，传技于王华三、邻居古文照以及其他古劳宗亲。

咏春拳主要源流与师承图

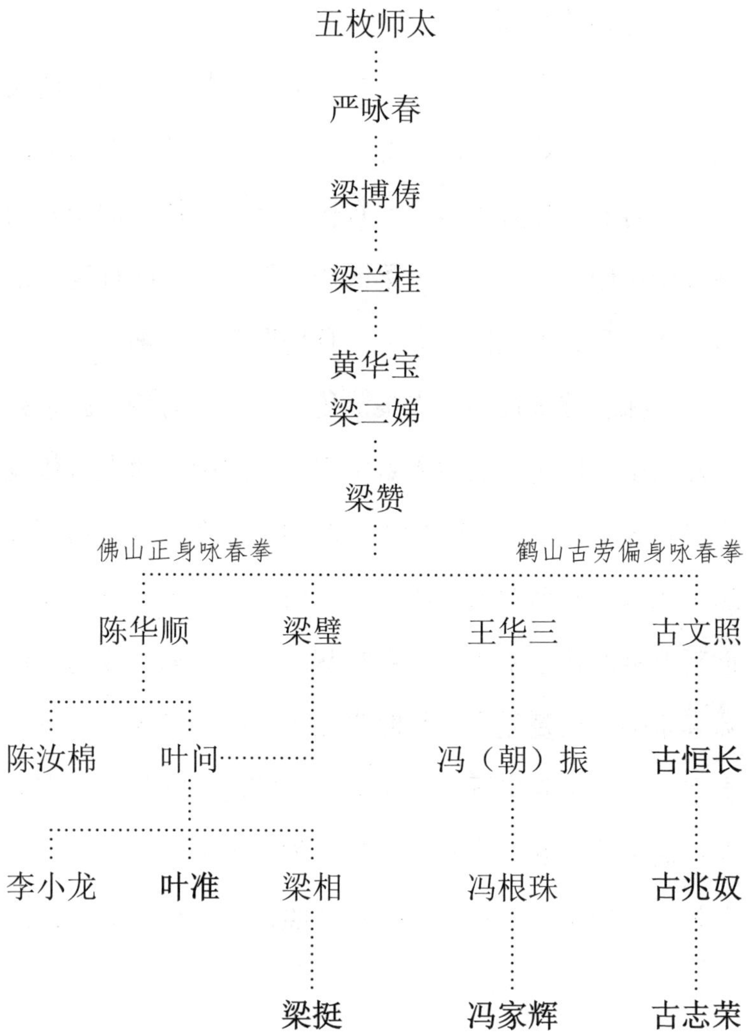

“咏春拳主要源流与师承图”为本书作者任君明查证相关文献资料与实地走访调查整理而成，主要选取与本书故事相关的流派与代表人物。本书创作期间，表中文字加粗的咏春大师、咏春传承人叶准、梁挺、古兆奴、古志荣、冯家辉均健在，依然为咏春传承和咏春文化推广继续不遗余力做出贡献，衷心感谢像他们这样的当代“咏春大家”对非遗咏春的热爱、守护与传承。其中鹤山古劳偏身咏春拳隐世咏春大师古兆奴老人，是本书主人公任小河师父古兆大师的原型。

咏春拳的特点

咏春拳具有中国传统哲学的天人合一、阴阳辩证思想，以孝、义、勇、信、忠为核心武德精神。咏春拳作为中国武术的代表之一，对中国武术的意义重大。

咏春拳是一门中国传统武术，是积极、精简、快速制止侵袭的系统防卫拳术。在众多中国传统武术中，咏春拳凭借其科学性、实用性和审美性独树一帜。相比其他传统武术，咏春拳更专注于尽快制服对手，以柔克刚，以弱胜强。

咏春拳的体系

咏春拳经过研习与改进，基本形成了以“小念头”

（基础拳术）、“寻桥”（防守拳套）、“标指”（进攻拳套）为拳路；以“六点半棍”为长兵器；以“八斩刀”为短兵器；以“对拆”“黐手”双人对练等为主要训练方式；以木人桩等为主要训练器械的拳术体系。

咏春拳主要代表人物

梁赞：1825—1894年，晚清著名武术家，咏春师祖。祖籍鹤山古劳乡东便村，自幼聪慧，读书后随父在佛山赞生堂熟药材店经商，阅读古代医药书籍，经常义诊，有妙手回春之名、佛山“赞先生”美称。自幼爱习武，曾师从少林弟子梁二娣、黄华宝等，除习少林拳术、少林“六点半棍法”外，尤专习咏春拳，得武学精粹，且擅创新改良，终成一代宗师，于1875年在佛山设武馆收徒，并于晚年回到鹤山古劳。梁赞先生是佛山正身咏春拳派系、鹤山古劳偏身咏春拳派系共同的开山祖师，得意弟子除儿子梁璧外，还有陈华顺、王华三等人，叶问为梁赞的徒孙，李小龙为其曾徒孙。

叶问：1893—1972年，广东省佛山市南海桑园人，梁赞师祖的徒孙，陈华顺的徒弟，李小龙的师父。叶问幼年体弱多病，拜梁赞弟子陈华顺为师，学习咏春拳术。

后奉父命前往香港就读，在港期间，认识梁赞先生之子梁壁，并随梁壁修炼咏春拳术。叶问将咏春拳以原本秘而不传的教授方式，调整为简单通俗、显浅明了的教授方式，终成咏春拳一代宗师。

李小龙：1940—1973 年，一代咏春高手，好莱坞著名功夫巨星。李小龙是叶问的徒弟，梁赞师祖的曾徒孙。他创立的截拳道与咏春拳有着密不可分的关系。李小龙幼年因体弱而拜名师叶问习咏春拳术，18 岁前往美国读书，毕业后在美国西雅图开设“振藩国术馆”，传授中国武术。其间他悉心研究、吸收中外技击精华，创截拳道。1971 年返回香港从事影视业，拍摄了多部轰动世界影坛的中国功夫片，被誉为“功夫之王”。李小龙早年所习的咏春拳也因此在世界各地大受欢迎。

王华三：梁赞师祖晚年回到鹤山古劳创立偏身咏春拳，这套拳正是为体弱多病的弟子王华三专门设计的。最初身材矮小、体形瘦弱的王华三并不是同门师兄弟的对手，因为对习武之人来说，强壮的身体是第一要素，而王华三瘦弱的身子骨显然不占优势，只有挨打的份。“难道弱者就该忍受失败的宿命？”梁赞格外关照这个小徒弟，并针对他的体形，设计了一套借力打力、以柔克刚、以弱制强的拳法，鹤山古劳偏身咏春拳应运而生。王华三习得偏身咏春拳后，便能击败同门师兄弟，还打败了各路好手，后来他广收弟子，为鹤山古劳偏身咏春拳的发展做出了贡献。王华三晚年收的八大弟子，个个都成为武术高手，尤其是冯振（冯朝振），更是得到了“大辘振”的美名。

古兆奴：当代大隐隐于市的隐世咏春大师、民间老拳手，现年 88 岁（2022 年），从 5 岁开始坚持不懈练习梁赞咏春的内养功法，功力深厚，是鹤山梁赞咏春拳（即鹤山古劳偏身咏春拳）第四代传人。师父是爷爷古文照，古文照与梁赞是邻居，其咏春功夫为梁赞所亲授。古兆奴一直隐居于古劳东便村，外界很少知道这位咏春隐世高人。近年来，在好友多番劝说下，为了这门神秘的咏春功法和技法能继续得以传承，古兆奴才放下思想包袱，开始小范围对外收徒，物色有缘人传授梁赞咏春拳。古兆奴还积极配合政府部门宣传鹤山梁赞咏春拳，成为央视等各大媒体的采访对象，对鹤山梁赞咏春拳的宣传推广起到了积极的作用。古兆奴大师即本书中任小河的师父古兆师父的原型。

古劳偏身咏春拳的特点

梁赞师祖在鹤山古劳首创的偏身咏春拳，即鹤山梁赞咏春拳，集他一生武学之精华。偏身咏春拳保留了正身咏春拳刚柔并济、连消带打、巧打为主的特点，改正身为偏身，采用“以闪为进”的三角马及侧身马，注重忽左忽右、灵活快速的偏身转换，同时还删繁就简，把繁杂的拳术套路精简提炼为十二路散手实用拳法——常说的“咏春十二式”。

与正身咏春拳相比，偏身咏春拳讲究身体各个部位和关节的灵活配合，身心协调，使腿、脚、身、肩、肘、掌、拳、指都具防御和攻击作用。其步法为二字钳阳马，使手脚一致，进退自如；主要技击技巧为短桥寸劲，出手桥段紧密不疏，不露破绽，不失重心，贴近对方时才突发劲力，更具隐蔽性和突发性，令人难以揣测防范。手势以阴阳手为主，两只手阴阳相对，不断交换变化，协调灵动，极具太极意蕴。

偏身咏春拳以身体为转轴，灵活避开对手招式，从侧面攻击对方弱点，可达到“连消带打，借力打力、四两拨千斤”之效。

偏身咏春拳既具有很强的技击性，又兼有以柔克刚、刚柔相济的特性，自卫防身和强身健体的功能尤显突出。

古劳偏身咏春拳十二式

上 36 招式：大念头、小念头、标捶、十字捶、双龙出海、三箭捶。

下 36 招式：拦桥、切指寻桥、鹤膀、短桥、腾马、伏虎。

（以上资料摘编自梁赞故居纪念馆介绍资料、鹤山市委宣传部咏春宣传资料等）

人物原型照片

晚清著名武术家、咏春师祖梁赞

咏春宗师梁赞雕像

广东省江门市鹤山古劳镇梁赞故居

摄影者：李向前

鹤山古劳民间隐世咏春大师古兆奴老人

（本故事中古师父人物原型）

后 记

这部小说创作的缘起，是在2017年，我回到先祖故里——广东省江门市鹤山古劳镇，参观咏春拳一代宗师梁赞先生故居，在现场遇见八十多岁的隐世咏春大师古兆奴老人。目睹这位民间老拳师表演鹤山古劳偏身咏春拳十二式，以及平地徒手劈砖等出神入化的绝世武功后，我知道，一个故事人物原型已经在我脑海里潜滋暗长，也从此在心里埋下了一颗《咏春少年》故事创作的珍贵种子。

2018年9月10日，我埋头创作自己的长篇儿童小说处女作《少年豚王》，2019年1月6日完成第一稿，15万字，偏奇幻小说风格；后于2019年6月精简为8万字，改为现实与奇幻相结合风格。尽管我这部长篇小说此后的出版之路漫长又坎坷，但那年夏天，我还是开始了第二部小说的构思。而我第一个想到的选题就是咏春，于是，我开始着手准备《咏春少年》的创作。

到 2022 年夏天，我对《咏春少年》的构思，以及搜集查阅资料刚好用了整整三年时间，其间完成了长达 5000 字的人物小传和详细故事大纲的撰写，整个故事的雏形已在我的脑海中生根发芽。真正动笔是 2022 年 8 月 25 日的晚上，在这个永远值得纪念的夜晚，我写出了整个故事的开头第一节。对长篇小说创作者来说，最难的就是故事的开头，特别是开头的第一句，没有什么能够表达出我当时的激动心情。后来的写作过程也比较顺利，每晚在孤灯之下，写到夜阑人静，再写到天色渐明。虽然中途有 5 天疫情管控受到点影响，但我排除了其他干扰，前后只用了 18 天，于 9 月 12 日就完成了初稿，并于 9 月 20 日完成修改。是的，这部作品的构思我用了整整三年，但从真正动笔到完成修改，只用了不到 30 天——纵然如此，我深知，长篇原创小说，特别是作为新人作者的长篇原创小说的创作与发表，个中种种辛酸苦楚与坎坷波折，或许只有作为创作者的自己才能领略。

梁赞师祖年轻时在佛山创立了正身咏春拳，晚年回乡在鹤山古劳创立了偏身咏春拳，即鹤山梁赞咏春拳。相比正身咏春拳，偏身咏春拳删繁就简，以柔克刚，兼具强身健体之功效，更适合体弱之人练习研修。但现实中，由于受“只传宗亲、不传外人”，以及低调内敛等理念影响，偏身咏春拳的传播度和知名度远不及正身咏春拳，并且近年由于老一代咏春大师正逐渐老去，鹤山古劳偏身咏春拳这一省级非物质文化遗产，渐露接班人才和传承人才青黄不接的问题，亟须加强宣传推广，特别是在广大青少年中普及，以培养新一代接班人和传承人。强国必先强身，咏春作为强身健体的优秀传统武术文化，需要走进校园，让更多的中小学生认识咏春，练习咏春。

故事主要发生地——广东省江门市鹤山古劳水乡，是我任姓先祖的故乡，我仔细查阅了族谱，找到了相关记载：任家先祖世居浙江钱塘县大庆里（今浙江省杭州市大庆里），后经广东韶关南雄珠玑巷入粤。南宋末年，太祖任勉之迁居至古冈州古劳都麦村，即今鹤山市古劳镇麦水村。我先祖的故乡麦水村与咏春宗师梁赞先生的故乡东便村相距两公里。同为任姓宗亲的当代儿童文学泰斗任溶溶先生，这位我最尊敬的当代儿童文学大师的故乡也正是鹤山古劳的下六旺宅村，与麦水村相距也只有两公里。

由此种种，强烈的责任感和家族使命感，使我更加用心，更加真诚对待《咏春少年》这个长篇原创儿童小说选题。我多次回乡采风与采访，掌握了众多一手资料，并且还查阅了大量咏春拳、鹤山古劳偏身咏春拳等相关文献资料，实地走访鹤山梁赞咏春相关领域的代表人物，包括非遗传承人、嫡系传人、隐世大师、武馆创立者、教练与弟子、文化研究者和推广者、大赛冠军以及学习咏春的中小学生等，为创作这部小说奠定了真实的生活基础、可靠的史料与专业基础。

写作过程中，为了塑造能够打动人心的人物形象，故事中主要人物角色都有真实的人物原型。故事中少年任小河的师父古兆大爷，原型就是最初给了我创作灵感的鹤山古劳隐世咏春大师古兆奴老人，他今年（2022年）已八十八岁了，是鹤山梁赞咏春第四代传人，我要特别感谢这个大隐于市的民间老拳师。而小河爸爸、小河妈妈、小雨，甚至小河爸爸的主治医生，小河的初中班主任，都有现实原型。在创作过程中，写到小河当作家的爸爸因为呕心沥血熬夜写作而病重入院的场景；写到小河妈妈因抑郁症而每天收拾行李要去车站等情节时，我数度潸然泪下。那些章节，都是我独自偷偷流着眼泪，用心用情写完的。而这一切的一切，莫不是我与父母的真实生活写照。

和故事中小河的爸爸一样，我的父亲生前也是一名作家，年轻时是一位纯真又潇洒的诗人，后来又写小说。他是中国作家协会会员。在文学创作的道路上，正是父亲深深影响了我，也是他一直激励着我。就像故事的尾声，小河要接过爸爸手中的笔，续写爸爸未完成的长篇小说三部曲《咏春年华》一样，我也希望自己将来有一天，能接过爸爸手中的笔，实现他未竟的文学梦想，尽管我知道，这条路无比漫长也无比艰辛，而我，还只是在刚出发的路上蹒跚学步。我想对爸爸说：“亲爱的爸爸，您知道吗，您永远是我的骄傲，我的榜样，我前进的动力。”

从某种意义上来说，任小河家族的故事就是现实生活中我家族的故事，我家族的故事就是任小河家族的故事。是的，任小河就是我，我就是任小河。

原创儿童小说创作的确不易，我这种只能利用下班和节假日时间创作的业余作者，更是步步维艰。但是，感谢上天，我在完成第一部长篇之后，经历了整整三年漫长而痛苦的焦虑、纠结与写作瓶颈期的煎熬，在一次次自我怀疑与自我否定之后，只因心怀一个永不磨灭的文学梦想，凭着心中一簇火，远方一道光——正如自强不息与持之以恒的咏春精神，我最终还是写完了这部长篇儿童小说。但愿这个用心用情创作的独一无二的故事，能遇见有缘的编辑老师，能有缘有幸与读者见面；也希望正如故事中一代爱国咏春大师——任小河曾祖父任鸿所说“咏春是一道光，可以带你到很远的地方”。希望这个用真情实感铸就的咏春少年心灵成长的故事，也如一道亮光一样，可以带领你到你向往的远方。

任君明

2022 年 9 月 20 日于晓风斋